TRANZLATY

Language is for everyone

Sproget er for alle

The Call of Cthulhu

Cthulhus kald

H.P. Lovecraft

English
Dansk

Published by Tranzlaty
ISBN: 978-1-80572-493-3
The Call of Cthulhu
H.P. Lovecraft (1926)
www.tranzlaty.com

www.tranzlaty.com

The Horror Made of Clay
Rædslen lavet af ler

There is one thing I find particularly merciful.
Der er én ting, jeg finder særligt barmhjertig.
The inability of the human mind to correlate events.
Det menneskelige sinds manglende evne til at korrelere begivenheder.
It's a blessing that we can't understand the world.
Det er en velsignelse, at vi ikke kan forstå verden.
We live blissfully on a placid island of ignorance.
Vi lever lykkeligt på en fredfyldt ø af uvidenhed.
An island in the midst of black seas of infinity.
En ø midt i det uendelige sorte hav.
And it was not meant that we should voyage far.
Og det var ikke meningen, at vi skulle rejse langt.
The sciences each strain in their own directions.
Videnskaberne bevæger sig hver i deres egne retninger.
But hitherto science's findings have harmed us little.
Men hidtil har videnskabens resultater skadet os kun lidt.
But some day dissociated knowledge will be pieced together.
Men en dag vil dissocieret viden blive stykket sammen.
Terrifying vistas of reality will open up to us.
Skræmmende perspektiver af virkeligheden vil åbne sig for os.
And we will be left in a frightful vantage point.
Og vi vil blive efterladt i et skræmmende udsigtspunkt.
We will either go mad from the revelation we are given.
Vi vil enten blive vanvittige af den åbenbaring, vi får.
Or we will flee from the deadly light that we will see.
Ellers vil vi flygte fra det dødbringende lys, som vi vil se.
We will run from the knowledge we had always pursued.
Vi vil løbe fra den viden, vi altid har jagtet.
And we will seek the peace and safety of a new dark age.
Og vi vil søge freden og tryggheden i en ny mørk tidsalder.
Theosophists have guessed at the scale of the cosmos.
Teosoffer har gættet på kosmos' skala.

Our world is but a transient incident in this cycle.
Vores verden er blot en flygtig hændelse i denne cyklus.
The human race plays but a little role in the universe.
Menneskeheden spiller kun en lille rolle i universet.
The theosophists have hinted at strange methods of survival.
Teosofferne har antydet mærkelige overlevelsesmetoder.
But their suggestions would freeze a rational man's blood.
Men deres forslag ville fryse en rationel mands blod.
Only the optimism of their ideas hides the horror.
Kun optimismen i deres ideer skjuler rædslen.
But it is not their ideas that chill me the most.
Men det er ikke deres idéer, der chokerer mig mest.
It is something else that fills me with terror.
Det er noget andet, der fylder mig med skræk.
The single glimpse of forbidden eons I have seen.
Det eneste glimt af forbudte æoner, jeg har set.
When I think of what I saw my blood stands still.
Når jeg tænker på, hvad jeg så, står mit blod stille.
Restlessness plagues my dreams since that glimpse.
Rastløshed plager mine drømme siden det glimt.
It came to me like all dreaded glimpses of truth.
Det kom til mig som alle frygtede glimt af sandheden.
An accidental piecing together of separated things.
En tilfældig sammensætning af adskilte ting.
An old newspaper item and the notes of a dead professor.
En gammel avisartikel og noter fra en afdød professor.
In a flash everything was pieced together before me.
I et glimt var alt samlet foran mig.
I hope no one else will accomplish this terrible insight.
Jeg håber, at ingen andre vil opnå denne forfærdelige indsigt.
Certainly, if I live, I shall never help anyone to know it.
Selvfølgelig, hvis jeg lever, skal jeg aldrig hjælpe nogen med at vide det.
I shall never knowingly supply a link in so hideous a chain.
Jeg skal aldrig bevidst tilføje et led i så forfærdelig en kæde.
I think that the professor, too, intended to keep silent.
Jeg tror, at professoren også havde til hensigt at tie stille.

He didn't mean to share the secrets that he knew.
Han havde ikke til hensigt at dele de hemmeligheder, han kendte.
And I'm sure he would have destroyed his notes.
Og jeg er sikker på, at han ville have ødelagt sine noter.
If he had not been seized by sudden and suspicious death.
Hvis han ikke var blevet ramt af en pludselig og mistænkelig død.

***

My knowledge of the thing began in the winter of 1926-27.
Min viden om sagen begyndte i vinteren 1926-27.
My great-uncle was the professor George Gammell Angell.
Min grandonkel var professor George Gammell Angell.
He was the Professor Emeritus of Semitic languages.
Han var professor emeritus i semitiske sprog.
He lectured in Brown University, Providence, Rhode Island.
Han underviste på Brown University i Providence, Rhode Island.
His death, at the age of ninety-two, triggered the event.
Hans død i en alder af 92 år udløste begivenheden.
He was widely known as an authority on ancient inscriptions.
Han var bredt kendt som en autoritet på gamle inskriptioner.
Heads of prominent museums came to him for his expertise.
Lederne af fremtrædende museer henvendte sig til ham for at få hans ekspertise.
So his death was noticed by many within academic circles.
Så hans død blev bemærket af mange i akademiske kredse.
Interest was intensified by the obscurity of his death.
Interessen blev intensiveret af uklarheden omkring hans død.
It occurred as he was disembarking from the Newport boat.
Det skete, da han var ved at gå i land fra Newport-båden.
Witnesses say a dark nautical-looking fellow had jostled him.

Vidner siger, at en mørk, maritim udseende fyr havde skubbet
til ham.

After being stricken, he fell suddenly, witnesses say.

Efter at være blevet ramt, faldt han pludseligt, siger vidner.

Physicians were unable to find any visible disorder.

Lægerne kunne ikke finde nogen synlig lidelse.

After some perplexed debate they reached their conclusion.

Efter en del forvirrende debat nåede de frem til deres
konklusion.

"It must have been a lesion of the heart," they agreed.

"Det må have været en læsion i hjertet," var de enige om.

"After all, he was rather an elderly man," they added.

"Han var trods alt en temmelig ældre mand," tilføjede de.

"the brisk ascent of the steep hill caused his end."

"Den raske opstigning af den stejle bakke forårsagede hans
død."

At the time I saw no reason to dissent from this dictum.

På det tidspunkt så jeg ingen grund til at være uenig i denne
påstand.

But latterly I am inclined to wonder about their conclusion.

Men på det seneste er jeg tilbøjelig til at undre mig over deres
konklusion.

And I do more than just wonder if they were right.

Og jeg gør mere end bare at undre mig over, om de havde ret.

***

My grand-uncle died alone as a childless widower.

Min grandonkel døde alene som barnløs enkemand.

And so I became heir and executor to his possessions.

Og således blev jeg arving og bobestyrer for hans ejendele.

So I was expected to go over his papers and writings.

Så det var forventet, at jeg gennemgik hans papirer og
skriverier.

I moved his entire set of files and boxes to my Boston home.

Jeg flyttede hele hans sæt af mapper og kasser til mit hjem i
Boston.

Much of the materials I collected will later be published.

Meget af det materiale, jeg har indsamlet, vil senere blive udgivet.

Many academics in his field took great interest in his work.

Mange akademikere inden for hans felt viste stor interesse for hans arbejde.

The American archeological society relied on him greatly.

Det amerikanske arkæologiske selskab stolede meget på ham.

But there was one box which I found exceedingly puzzling.

Men der var én boks, som jeg fandt yderst forvirrende.

I felt much averse from showing these files to other eyes.

Jeg følte mig meget tilbageholdende med at vise disse filer til andre øjne.

The box had been locked, unlike the other boxes.

Kassen var låst, i modsætning til de andre kasser.

And initially I found no key that would open this box.

Og i starten fandt jeg ingen nøgle, der kunne åbne denne kasse.

But then the location of the key occurred to me.

Men så gik det op for mig, hvor nøglen befandt sig.

The professor always carried a keyring in his pocket.

Professoren bar altid en nøglering i lommen.

It was indeed one of these keys that opened the box.

Det var faktisk en af disse nøgler, der åbnede kassen.

But in the box was a still more closely locked barrier.

Men i kassen var en endnu tættere aflåst barriere.

What could be the meaning of the queer bas-relief?

Hvad kunne betydningen af det queer basrelief være?

Various paper cuttings accompanied the bas-relief.

Forskellige papirklip ledsagede basrelieffet.

What did the disjointed jottings and ramblings allude to?

Hvad hentydede de usammenhængende noter og udspil til?

Had my uncle become credulous to superficial impostures?

Var min onkel blevet godtroende over for overfladiske bedrag?

Perhaps in his later years his criticalness thought slowed.

Måske aftog hans kritiske tankegang i sine senere år.

Someone had disturbed this old man's peace of mind.
Nogen havde forstyrret denne gamle mands sindsro.
And so I resolved to locate the eccentric sculptor.
Og derfor besluttede jeg at finde den excentriske billedhugger.
The man who set in motion my uncle's strange obsession.
Manden der satte gang i min onkels mærkelige besættelse.

***

The bas-relief was roughly shaped like a rectangle.
Basrelieffet var omtrent formet som et rektangel.
The rectangular shape was less than an inch thick.
Den rektangulære form var mindre end en tomme tyk.
And the bas-relief was about five by six inches in area.
Og basrelieffet var omkring fem gange seks tommer i areal.
It was obvious that the bas-relief was of modern origin.
Det var tydeligt, at basrelieffet var af moderne oprindelse.
The designs, however, were far from modern in atmosphere.
Designene var dog langt fra moderne i atmosfæren.
The inscriptions suggested a far older civilization.
Indskrifterne antydede en langt ældre civilisation.
The vagaries of cubism and futurism were many and wild.
Kubismens og futurismens luner var mange og vilde.
But normally such patterns fail to produce regularity.
Men normalt formår sådanne mønstre ikke at skabe
regelmæssighed.
The cryptic regularity which lurks in prehistoric writing.
Den kryptiske regelmæssighed, der lurer i forhistorisk skrift.
This regularity was certainly present in the bas-relief.
Denne regelmæssighed var bestemt til stede i basrelieffet.
I was certain the inscriptions represented a writing system.
Jeg var sikker på, at indskrifterne repræsenterede et
skriftsystem.
I had some familiarity with the papers of my uncle.
Jeg havde et vist kendskab til min onkels papirer.
And I had looked through all of his collections and works.
Og jeg havde gennemgået alle hans samlinger og værker.

But I failed to find any writing that was similar.
Men jeg fandt ingen lignende tekst.
I could not geographically place this alphabet in any way.
Jeg kunne ikke geografisk placere dette alfabet på nogen
måde.
Nor could I guess from what time this writing came from.
Jeg kunne heller ikke gætte, hvornår dette skrift stammer fra.
Above these apparent hieroglyphics there was a figure.
Over disse tilsyneladende hieroglyffer var der en figur.
The figure was evidently only of pictorial intent.
Figuren var tydeligvis kun af billedlig hensigt.
The impressionism of the picture added to the mystery.
Billedets impressionisme bidrog til mystikken.
No clear idea of the creature's nature could be discerned.
Der kunne ikke gives nogen klar idé om væsenets natur.
The creature seemed to be a monster, of some sort.
Væsenet lignede et monster af en slags.
Or the symbol represented a monster, of some sort.
Eller symbolet repræsenterede et monster af en eller anden art.
Only a diseased mind could conceive of such a form.
Kun et sygt sind kunne forestille sig en sådan form.
My imagination yielded different pictures simultaneously.
Min fantasi frembragte forskellige billeder på samme tid.
But my imagination may also be somewhat extravagant.
Men min fantasi kan også være lidt ekstravagant.
An octopus, a dragon, and also a human caricature.
En blæksprutte, en drage og også en menneskekarikatur.
I shall try not be unfaithful to the spirit of the thing.
Jeg skal forsøge ikke at være troløs mod ånden i det.
A pulpy, tentacled head surmounted a scaly body.
Et frugtkød, tentakleret hoved overgik en skællet krop.
Rudimentary wings protruded from the grotesque shape.
Rudimentære vinger stak ud fra den groteske form.
But the shape of the monster wasn't even the worst part.
Men monsterets form var ikke engang det værste.
The background of the picture was even more frightening.
Billedets baggrund var endnu mere skræmmende.

The scenery had a vague suggestion of another civilization.
Landskabet gav en vag antydning af en anden civilisation.
Cyclopean architecture from a forgotten part of the world.
Kyklopisk arkitektur fra en glemt del af verden.

***

Only some notes and press cuttings accompanied the oddity.
Kun nogle få noter og presseklip ledsagede
mærkværdigheden.
The press cuttings seemed to be only vaguely related.
Presseudklippene syntes kun at være vagt relaterede.
The hand written notes were all from my uncle.
De håndskrevne sedler var alle fra min onkel.
But his notes made no pretense to any literary style.
Men hans noter gjorde ikke krav på nogen litterær stil.
There was no ordering mechanism to any of the papers.
Der var ingen bestillingsmekanisme for nogen af papirerne.
**Although there seemed to be a master document to the
notes.**
Selvom der syntes at være et hoveddokument til noterne.
This document was ascribed to the cult of Cthulhu
Dette dokument blev tilskrevet Cthulhus kult
The word's letters had been painstakingly written out.
Ordets bogstaver var blevet omhyggeligt skrevet ned.
**There should be no erroneous reading of the unheard of
word.**
Der bør ikke være nogen fejlagtig læsning af det uhørte ord.
This Cthulhu manuscript was divided into two sections;
Dette Cthulhu-manuskript var opdelt i to sektioner;
The first manuscript was titled the following:
Det første manuskript havde følgende titel:
"1925 - Dream and Dream Work of H. A. Wilcox"
"1925 - HA Wilcox' drøm og drømmeværk"
"7 Thomas St., Providence, Road Island"
"7 Thomas St., Providence, Road Island"
And the second manuscript was titled the following:

Og det andet manuskript havde følgende titel:
"Narrative of Inspector John R. Legrasse"
Legrasses fortælling "
"121 Bienville St., New Orleans, 1908 Meetings."
"121 Bienville St., New Orleans, møder i 1908."
"Notes on Same, & Prof. Webb's account of events"
"Noter om samme, og professor Webbs beretning om begivenhederne"
The other manuscript papers were all brief notes.
De andre manuskripter var alle korte noter.
Some manuscripts described the queer dreams of different persons.
Nogle manuskripter beskrev forskellige personers mærkelige drømme.
Some manuscripts cited from theosophical books and magazines.
Nogle manuskripter citerede fra teosofiske bøger og tidsskrifter.
Notably, most of these citations were from W. Scott-Eliott.
Det er værd at bemærke, at de fleste af disse citater var fra W. Scott-Eliott.
Mainly the notes referenced Atlantis and the Lost Lemuria.
Noterne refererede primært til Atlantis og det forsvundne Lemuria.
The other notes commented on long-surviving secret societies.
De andre noter kommenterede på længe overlevende hemmelige selskaber.
Hidden cults that may or may not still exist somewhere.
Skjulte kulter, der måske stadig eksisterer et sted, måske ikke.
Two books seemed to provide most of the information;
To bøger syntes at give det meste af informationen;
Miss Murray's Witch-Cult in Western Europe.
Frøken Murrays heksekult i Vesteuropa.
This book thoroughly detailed Mythological sources.
Denne bog beskriver grundigt mytologiske kilder.

And Frazer's Golden Bough provided anthropological sources.

Og Frazers Golden Bough leverede antropologiske kilder.

***

The cuttings largely alluded to outré mental illnesses.

Udklipningene hentydede i høj grad til ekstreme psykiske sygdomme.

Outbreaks of group folly and mania in the spring of 1925.

Udbrud af gruppetåbelighed og mani i foråret 1925.

The first half of the manuscript told a very peculiar tale.

Den første halvdel af manuskriptet fortalte en meget ejendommelig historie.

1925, the 1st of March, a thin dark young man came to my uncle.

Den 1. marts 1925 kom en tynd, mørk ung mand til min onkel.

The manuscript describes his neurotic and excited aspect.

Manuskriptet beskriver hans neurotiske og ophidsede aspekt.

And he bore with him the strange bas-relief.

Og han bar det mærkelige basrelief med sig.

At that time the bas-relief was exceedingly damp and fresh.

På det tidspunkt var basrelieffet yderst fugtigt og friskt.

His card bore the name of Henry Anthony Wilcox.

Hans kort bar navnet Henry Anthony Wilcox.

And my uncle had slightly recognized who he was.

Og min onkel havde så vidt genkendt, hvem han var.

He was the youngest son of an excellent family.

Han var den yngste søn af en fornem familie.

Latterly he had been studying sculpture at Rhode Island.

Senere havde han studeret skulptur på Rhode Island.

He lived alone at the Fleur-de-Lys Building.

Han boede alene i Fleur-de-Lys-bygningen.

His residences were near the university.

Hans boliger lå i nærheden af universitetet.

Wilcox was a precocious youth of known genius.

Wilcox var en fremmed ung mand med et kendt geni.

But he was also known for his great eccentricity.
Men han var også kendt for sin store excentricitet.
From childhood he had excited the attention of others.
Fra barnsben havde han vakt andres opmærksomhed.
He told of strange stories no one had told him about.
Han fortalte om mærkelige historier, som ingen havde fortalt
ham om.
And he was in the habit of relating strange dreams.
Og han havde for vane at fortælle mærkelige drømme.
He described himself as "psychically hypersensitive".
Han beskrev sig selv som "psykisk overfølsom".
But those around him had other descriptions for him.
Men hans omgivelser havde andre beskrivelser af ham.
They were staid folk of the ancient commercial city.
De var sindige folk fra den gamle handelsby.
And they dismissed him as merely strange and "queer".
Og de afviste ham som blot mærkelig og "queer".
And so he never mingled much with his kind.
Og derfor omgikkes han aldrig ret meget med sin slags.
And he had dropped gradually from social visibility.
Og han var gradvist faldet fra social synlighed.
Now he is known only to a small group of esthetes.
Nu er han kun kendt af en lille gruppe æstetikere.
And those who knew him came mostly from other towns.
Og de, der kendte ham, kom hovedsageligt fra andre byer.
Even the Providence art club had found him quite hopeless.
Selv Providence kunstklub havde fundet ham helt håbløs.
Of course they were anxious to preserve their conservatism.
Selvfølgelig var de ivrige efter at bevare deres konservatisme.

*****

The professor's manuscript continued to describe the visit.
Professorens manuskript fortsatte med at beskrive besøget.
**The sculptor abruptly asked for his host's archeological
knowledge.**

Billedhuggeren spurgte pludselig om sin værts arkæologiske
viden.
**He wanted him to identify the hieroglyphics on the bas-
relief.**
Han ville have ham til at identificere hieroglyferne på
basrelieffet.
He spoke in a dreamy and rather stilted manner.
Han talte på en drømmende og temmelig stiv måde.
His speech suggested pose and alienated sympathy.
Hans tale antydede pose og fremmedgjorde sympati.
And my uncle showed some sharpness in his reply.
Og min onkel viste en vis skarphed i sit svar.
Because the bas-relief was still conspicuously freshness.
Fordi basrelieffet stadig var iøjnefaldende friskhed.
So there was no need for any kinship with archeology.
Så der var ikke behov for nogen forbindelse til arkæologien.
Young Wilcox's rejoinder was of a fantastically poetic cast.
Den unge Wilcox' svar var af en fantastisk poetisk art.
My uncle must have been impressed with the reply.
Min onkel må have været imponeret over svaret.
And he recorded the reply of Wilcox verbatim.
Og han nedskrev Wilcoxs svar ordret.
"The bas-relief is indeed still conspicuously fresh."
"Basrelieffet er faktisk stadig påfaldende friskt."
"Because I made this bas-relief last night, after a dream."
"Fordi jeg lavede dette basrelief i nat, efter en drøm."
"A dream of strange cities and stranger people."
"En drøm om fremmede byer og fremmede mennesker."
"And dreams are older than brooding Tyros."
"Og drømme er ældre end den grublende Tyros."
"Dreams are older than the contemplative Sphinx."
"Drømme er ældre end den kontemplative sfinks."
"And dreams are older than the garden-girdled Babylon."
"Og drømme er ældre end det haveomsluttede Babylon."
This type of speech turned out to be characteristic of him.
Denne type tale viste sig at være karakteristisk for ham.
It was then that he began that rambling tale.

Det var da, han begyndte den banebrydende fortælling.

The tale which suddenly played upon a sleeping memory.

Historien, der pludselig spillede på en sovende erindring.

The tale that won the fevered interest of my uncle.

Historien der vandt min onkels febrilske interesse.

***

There had been a slight earthquake tremor the night before.

Der havde været et mindre jordskælv natten før.

The most considerable tremor New England had felt for some years.

Den mest betydelige rystelse New England havde mærket i nogle år.

Wilcox's imagination had been keenly affected by the earthquake.

Wilcox' fantasi var blevet stærkt påvirket af jordskælvet.

He had had an unprecedented dream of great Cyclopean cities.

Han havde haft en hidtil uset drøm om store kyklopiske byer.

He dreamed of Titan blocks and sky-flung monoliths.

Han drømte om titanblokke og himmelslyngede monolitter.

All the architecture was dripping with green ooze.

Al arkitekturen dryppede af grønt slør.

And his dreams were sinister with latent horror.

Og hans drømme var uhyggelige med latent rædsel.

Hieroglyphics had covered the walls and pillars.

Hieroglyffer havde dækket væggene og søjlerne.

From somewhere underneath there came a sound.

Et sted nedenfra kom der en lyd.

The sound was of a voice, but it was not a voice.

Lyden var af en stemme, men det var ikke en stemme.

A chaotic sensation which only fancy could transmute into sound.

En kaotisk fornemmelse, som kun fantasien kunne forvandle til lyd.

He attempted to say the almost unpronounceable word.

Han forsøgte at sige det næsten uudtalelige ord.
A jumble of unlikely letters; "Cthulhu fhtagn".
Et virvar af usandsynlige bogstaver; "Cthulhu fhtagn ".
This verbal jumble was the key to my uncle's recollection.
Dette verbale virvar var nøglen til min onkels erindring.
This strange sound excited and disturbed Professor Angell.
Denne mærkelige lyd ophidsede og foruroligede professor
Angell.
He questioned the sculptor with scientific minuteness.
Han udspurgte billedhuggeren med videnskabelig præcision.
He studied the bas-relief with almost frantic intensity.
Han studerede basrelieffet med næsten hektisk intensitet.
My uncle blamed his old age, Wilcox afterward said.
Min onkel skyldte på sin alderdom, sagde Wilcox bagefter.
**In his younger days he would have recognized the
hieroglyphics.**
I sine yngre dage ville han have genkendt hieroglyferne.
**The pictorial design wouldn't have puzzled his sharper
mind.**
Det billedlige design ville ikke have forvirret hans skarpere
sind.
**Many of his questions seemed highly out of place to his
visitor.**
Mange af hans spørgsmål virkede højst malplacerede for hans
gæst.
He tried to connect him to strange mythological cults.
Han forsøgte at forbinde ham med mærkelige mytologiske
kulter.
He tried to get him to admit affiliation to secret societies.
Han forsøgte at få ham til at indrømme tilknytning til
hemmelige selskaber.
My uncle even promised to keep his visitor's secret.
Min onkel lovede endda at holde sin besøgendes
hemmelighed.
"Are you not part of a widespread mystical group?"
"Er du ikke en del af en udbredt mystisk gruppe?"
"Are you not a member of a paganly religious body?"

"Er du ikke medlem af et hedensk religiøst samfund?"
Eventually he became convinced the sculptor wasn't a member.
Til sidst blev han overbevist om, at billedhuggeren ikke var medlem.
He was indeed ignorant of any cult or system of cryptic lore.
Han var faktisk uvidende om nogen kult eller system af kryptisk overlevering.
He besieged his visitor with demands for future reports of dreams.
Han belejrede sin besøgende med krav om fremtidige drømmerapporter.
This strange request bore regular and interesting fruit.
Denne mærkelige anmodning bar regelmæssige og interessante frugter.

***

After the first interview the manuscript records daily calls.
Efter det første interview optager manuskriptet de daglige opkald.
He related startling fragments of nocturnal imagery.
Han fortalte forbløffende fragmenter af natlige billeder.
There were always the same themes in his dreams.
Der var altid de samme temaer i hans drømme.
A terrible Cyclopean vista of dark and dripping stone.
Et forfærdeligt kyklopisk udsigt over mørk og dryppende sten.
A subterranean voice or intelligence shouting monotonously.
En underjordisk stemme eller intelligens, der råber monotont.
Two sounds seemed to repeat themselves in his dreams.
To lyde syntes at gentage sig selv i hans drømme.
But these sounds were as enigmatic as the other sounds.
Men disse lyde var lige så gådefulde som de andre lyde.
The sounds can only be rendered by the letters "Cthulhu" and "R'lyeh".

Lydene kan kun gengives med bogstaverne "Cthulhu" og " R'lyeh ".

On March 23rd, the manuscript continued, Wilcox failed to come.

Den 23. marts fortsatte manuskriptet, men Wilcox dukkede ikke op.

My uncle made inquiries at the quarters of his whereabouts.

Min onkel forhørte sig i kvarteret, hvor han befandt sig.

That night he had been stricken with an obscure sort of fever.

Den nat var han blevet ramt af en ukendt form for feber.

And he was taken to the home of his family in Waterman Street.

Og han blev ført til sin families hjem på Waterman Street.

That night he had cried out in one of his dreams.

Den nat havde han grædt i en af sine drømme.

His cries aroused several other artists in the building.

Hans råb vækkede adskillige andre kunstnere i bygningen.

And he was between alternations of unconsciousness and delirium.

Og han befandt sig mellem vekslende bevidstløshed og delirium.

My uncle at once telephoned the family of Wilcox.

Min onkel ringede straks til Wilcoxs familie.

And from that time forward he kept close watch of the case.

Og fra da af holdt han nøje øje med sagen.

He called often at the Thayer Street office of Dr. Tobey.

Han besøgte ofte Dr. Tobeys kontor på Thayer Street.

Dr. Tobey was in charge of the patient's condition.

Dr. Tobey var ansvarlig for patientens tilstand.

The youth's febrile mind was dwelling on strange things.

Den unge mands febrilske sind dvælede ved mærkelige ting.

The doctor shuddered now and then as he spoke of the dreams.

Lægen gøs af og til, mens han talte om drømmene.

The dreams repeated a lot of the earlier themes.

Drømmene gentog mange af de tidligere temaer.

But now his dreams made mention of something new.

Men nu nævnte hans drømme noget nyt.

A gigantic thing "a miles high" which walked, or lumbered about.

En gigantisk ting "en kilometer høj", som gik eller slentrede rundt.

He at no time fully described this object in any detail.

Han beskrev på intet tidspunkt dette objekt fuldt ud i detaljer.

But Dr. Tobey relayed the frantic words of his patient.

Men Dr. Tobey videregav sin patients hektiske ord.

And the professor became increasingly certain of what it was.

Og professoren blev mere og mere sikker på, hvad det var.

The nameless monstrosity he had sought to depict in his sculpture.

Det navnløse uhyre, han havde søgt at skildre i sin skulptur.

The doctor had mentioned the bas-relief he had made.

Lægen havde nævnt det basrelief, han havde lavet.

This mention preludes the young man's subsidence into lethargy.

Denne omtale indleder den unge mands synkning i sløvhed.

His temperature, oddly enough, was not greatly above normal.

Hans temperatur var mærkeligt nok ikke meget over normalen.

But his general condition suggested he was in a fever.

Men hans generelle tilstand tydede på, at han havde feber.

A fever, as opposed to being in the grasp of a mental disorder.

Feber, i modsætning til at være i klemme i en psykisk lidelse.

***

On April 2nd at about 3 p.m. the fever came to an end.

Den 2. april omkring klokken 15 forsvandt feberen.

Every trace of Wilcox's malady suddenly ceased.

Pludselig ophørte ethvert spor af Wilcox' sygdom.

He sat upright in bed as if waking up from regular sleep.
Han sad oprejst i sengen, som om han vågnede fra en almindelig søvn.
He was astonished to find himself at his parents' home.
Han var forbløffet over at finde sig selv hjemme hos sine forældre.
And he was completely ignorant of what had happened.
Og han var fuldstændig uvidende om, hvad der var sket.
Neither dream nor reality had made an impression on his mind.
Hverken drøm eller virkelighed havde gjort indtryk på hans sind.
Dr. Tobey pronounced him fit to be dismissed from his care.
Dr. Tobey erklærede ham egnet til at blive afskediget fra sin varetægt.
And he returned to his quarters three days later.
Og han vendte tilbage til sit kvarter tre dage senere.
But to Professor Angell he was of no further assistance.
Men for professor Angell var han ikke til yderligere hjælp.
All traces of strange dreaming had vanished with his recovery.
Alle spor af mærkelige drømme var forsvundet med hans helbredelse.
For a week he recounted irrelevant and thoroughly usual visions.
I en uge gengav han irrelevante og helt almindelige visioner.
And my uncle kept no further record of his night-thoughts.
Og min onkel førte ingen yderligere optegnelse over sine nattetanker.
At this point the first part of the manuscript ended.
På dette tidspunkt sluttede den første del af manuskriptet.
But my research was still anything but concluded.
Men min forskning var stadig langt fra afsluttet.
References to scattered notes helped piece things together.
Henvisninger til spredte noter hjalp med at samle tingene.
And there was more than enough material for thought.
Og der var mere end rigeligt stof til eftertanke.

My distrust of the artist had still not subsided.
Min mistillid til kunstneren var stadig ikke lagt sig.
But this was largely a result of my ingrained skepticism.
Men dette var i høj grad et resultat af min indgroede skepsis.
The notes described the dreams of various persons.
Noterne beskrev forskellige personers drømme.
These dreams all occurred while young Wilcox was in his fever.
Disse drømme fandt alle sted, mens unge Wilcox havde feber.
My uncle, it seems, wasted no time in collecting the data.
Det ser ud til, at min onkel ikke spildte tiden med at indsamle dataene.
He had quickly instituted a prodigiously far-flung body of inquiries.
Han havde hurtigt iværksat en enormt vidtrækkende række undersøgelser.
Any friend that didn't show impertinence he questioned.
Enhver ven, der ikke viste uforskammethed, satte han spørgsmålstegn ved.
He requested from them nightly reports of their dreams.
Han bad dem om at skrive natlige rapporter om deres drømme.
And he asked if they had had any notable visions of late.
Og han spurgte, om de havde haft nogen bemærkelsesværdige visioner på det seneste.
The reception of his request seems to have been varied.
Modtagelsen af hans anmodning synes at have været varierende.
But there was certainly no shortage in replies.
Men der var bestemt ingen mangel på svar.
No ordinary man could have handled the replies alone.
Intet almindeligt menneske kunne have håndteret svarene alene.
The original correspondences were not preserved.
De originale korrespondancer blev ikke bevaret.
But his notes formed a thorough and significant digest.

Men hans noter dannede et grundigt og betydningsfuldt sammendrag.

***

Initially he had approached average people in society.
I starten havde han henvendt sig til almindelige mennesker i samfundet.
New England's traditional "salt of the earth".
New Englands traditionelle "jordens salt".
But this group gave an almost completely negative result.
Men denne gruppe gav et næsten fuldstændig negativt resultat.
Though there were some exceptions to this group too.
Selvom der også var nogle undtagelser fra denne gruppe.
Scattered cases of uneasy but formless nocturnal impressions.
Spredte tilfælde af urolige, men formløse natlige indtryk.
Their reports were always between March 23rd and April 2nd.
Deres rapporter var altid mellem 23. marts og 2. april.
This aligned with the same period of young Wilcox's delirium.
Dette stemte overens med den samme periode med den unge Wilcox' delirium.
Men of science had been only a little more affected.
Videnskabsmænd var kun blevet lidt mere berørt.
Though four cases of vague description were of interest.
Selvom fire tilfælde med vag beskrivelse var af interesse.
They had had fugitive glimpses of strange landscapes.
De havde haft flygtige glimt af mærkelige landskaber.
And in one case a dread of something abnormal was mentioned.
Og i ét tilfælde blev der nævnt en frygt for noget unormalt.
It was from the artists and poets that the pertinent answers came.
Det var fra kunstnerne og digterne, at de relevante svar kom.

It is a blessing no one had been able to compare notes.
Det er en velsignelse, at ingen havde været i stand til at
sammenligne noter.
**Panic would have broken loose had they shared their
visions.**
Panikken ville være udbrudt, hvis de havde delt deres
visioner.
This, however, did not dispel my ingrained skepticism.
Dette fjernede dog ikke min indgroede skepsis.
**Others might have come to mythical conclusions much
quicker.**
Andre ville måske være kommet til mytiske konklusioner
meget hurtigere.
But the original letters were lacking from the notes.
Men de originale breve manglede i noterne.
**I half suspected the compiler of having asked leading
questions.**
Jeg havde næsten mistanke om, at kompilatoren havde stillet
ledende spørgsmål.
Or perhaps the correspondences weren't entirely original.
Eller måske var korrespondancerne ikke helt originale.
Perhaps my uncle had resolved to confirm Wilcox's dreams.
Måske havde min onkel besluttet at bekræfte Wilcox' drømme.
That is why I continued to feel suspicious of the sculptor.
Derfor blev jeg ved med at være mistænksom over for
billedhuggeren.
Perhaps he was still cognizant of my uncle's old data.
Måske var han stadig bekendt med min onkels gamle data.
Perhaps he had been imposing on the veteran scientist.
Måske havde han påtvunget den erfarne videnskabsmand.
Nonetheless, the corroborating data had to be investigated.
Ikke desto mindre måtte de bekræftende data undersøges.

***

The responses from the esthetes told a disturbing tale.
Svarene fra æstetikerne fortalte en foruroligende historie.

From February 28th to April 2nd their dreams aligned.
Fra den 28. februar til den 2. april stemte deres drømme
overens.
**And a large proportion of them had dreamed very bizarre
things.**
Og en stor del af dem havde drømt meget bizarre ting.
**The timing of the intensity of their dreams was also of
interest.**
Timingen af intensiteten af deres drømme var også
interessant.
The period of the sculptor's delirium marked a highpoint.
Perioden med billedhuggerens delirium markerede et
højdepunkt.
**The intensity of their dreams were immeasurably the
stronger.**
Intensiteten af deres drømme var umådeligt desto stærkere.
**Over a quarter reported unfamiliar and unpronounceable
sounds.**
Over en fjerdedel rapporterede ukendte og uudtalelige lyde.
Noises not dissimilar to what Wilcox had also described.
Lyde ikke ulig det, Wilcox også havde beskrevet.
**Some described highly elaborate and impossible
architecture.**
Nogle beskrev meget detaljeret og umulig arkitektur.
And some of the dreamers confessed to an acute fear.
Og nogle af drømmerne indrømmede en akut frygt.
Like Wilcox, they had seen some gigantic nameless thing.
Ligesom Wilcox havde de set en gigantisk navnløs ting.
**One case, which the note describes with emphasis, was very
sad.**
Én sag, som notatet beskriver med vægt, var meget trist.
The subject was a widely known architect of the region.
Emnet var en kendt arkitekt fra regionen.
He too had leanings toward theosophy and occultism.
Han havde også tilbøjeligheder til teosofi og okkultisme.
This man went violently insane on March the 22nd.
Denne mand blev voldsomt sindssyg den 22. marts.

The exact same date of young Wilcox's seizure.

Præcis samme dato som unge Wilcox blev beslaglagt.

He expired several months later, after incessant screaming.

Han døde flere måneder senere, efter uophørlige skrig.

He begged to be saved from some escaped denizen of hell.

Han bad om at blive frelst fra en undsluppen beboer fra helvede.

Regrettably, my uncle did not refer to these cases by name.

Desværre nævnte min onkel ikke disse sager ved navn.

Instead, all studies were given nothing more than a number.

I stedet fik alle studier intet mere end et nummer.

This way I was limited in attempting any personal investigation.

På denne måde var jeg begrænset i min mulighed for at foretage enhver personlig undersøgelse.

And corroborating the evidence further was demanding.

Og det var krævende at bekræfte beviserne yderligere.

But finally I did succeed in tracing down some cases.

Men endelig lykkedes det mig at opspore nogle tilfælde.

I should have trusted the notes from my uncle.

Jeg burde have stolet på min onkels beskeder.

They reported their dreams true to their reports.

De rapporterede, at deres drømme var sande for deres rapporter.

I have often wondered what they thought the questioning meant.

Jeg har ofte spekuleret på, hvad de troede, at spørgsmålene betød.

It is for the best that no explanation shall ever reach them.

Det er bedst, at ingen forklaring nogensinde når dem.

***

As I have mentioned, my uncle also collected press clippings.

Som jeg har nævnt, samlede min onkel også presseklip.

These press clippings corresponded to the dates in question.

Disse presseklip svarede til de pågældende datoer.
The sources were scattered throughout the globe.
Kilderne var spredt over hele kloden.
Professor Angell must have employed a cutting bureau.
Professor Angell må have ansat et skærebureau.
Because the number of extracts was tremendous.
Fordi antallet af uddrag var enormt.
There was a parallel to this part of his research.
Der var en parallel til denne del af hans forskning.
Cases of panic, mania, and eccentricity.
Tilfælde af panik, mani og excentricitet.
One case was a nocturnal suicide in London.
Et tilfælde var et natligt selvmord i London.
**A lone sleeper had leaped from a window after a shocking
cry.**
En enlig sovende var sprunget ud af et vindue efter et
chokerende skrig.
A rambling letter to the editor of a paper in South America.
Et usammenhængende brev til redaktøren af en avis i
Sydamerika.
A fanatic deduces a dire future from visions he had had.
En fanatiker udleder en dyster fremtid ud fra visioner, han
havde haft.
A dispatch from California describes a theosophist colony.
En rapport fra Californien beskriver en teosofkoloni.
**They donned white robes en masse for some "glorious
fulfilment".**
De iførte sig hvide klæder i massevis for at opnå en
"glorværdig opfyldelse".
Although that "glorious fulfilment" never arose.
Selvom denne "glorværdige opfyldelse" aldrig opstod.
There seems to be serious unrest from the natives in India.
Der synes at være alvorlig uro fra de indfødte i Indien.
Voodoo orgies multiplied in Haiti.
Voodoo-orgier mangedobledes i Haiti.
African outposts report ominous mutterings.
Afrikanske forposter rapporterer ildevarslende mumlen.

American officers in the Philippines find certain tribes
bothersome.
Amerikanske officerer i Filippinerne finder visse stammer
generende.
New York policemen are mobbed by hysterical Levantines.
New Yorks politibetjente bliver mobbet af hysteriske
levantinere.
This occurred exactly on the night of March 22-23.
Dette skete præcis natten mellem den 22. og 23. marts.
The west of Ireland, too, was full of wild rumor and
legendry.
Det vestlige Irland var også fuld af vilde rygter og legender.
A fantastic painter named Ardois-Bonnot made the news in
France.
En fantastisk maler ved navn Ardois-Bonnot skabte nyheder i
Frankrig.
He hung a blasphemous dream landscape in the Paris spring
salon.
Han ophængte et blasfemisk drømmelandskab i den parisiske
forårssalon.
The recorded troubles in insane asylums were
immeasurable.
De registrerede problemer på sindssygehospitaler var
umålelige.
A miracle must have kept the medical fraternities
unsuspecting.
Et mirakel må have holdt de medicinske broderskaber
intetanende.
But they never noted the strange parallelisms of the cases.
Men de bemærkede aldrig de mærkelige paralleller mellem
sagerne.
Else they too would have come to mystified conclusions.
Ellers ville de også være kommet til mystificerede
konklusioner.
I must confess these were indeed a set of weird paper
cuttings.

Jeg må indrømme, at det faktisk var et sæt mærkelige
papirklip.
My uncle had put forward a convincing argument.
Min onkel havde fremført et overbevisende argument.
I can't explain how I set the evidence aside.
Jeg kan ikke forklare, hvordan jeg lagde beviserne til side.
But my callous rationalism took the upper hand.
Men min ufølsomme rationalisme tog overhånd.
And I was still suspicious of the young sculptor, Wilcox.
Og jeg var stadig mistænksom over for den unge
billedhugger, Wilcox.
**He must have known of the older matters mentioned by the
professor.**
Han må have kendt til de ældre forhold, som professoren
nævnte.

The Tale of Inspecter Legrasse

Fortællingen om inspektør Legrasse

Let me turn your attention away from the young sculptor.

Lad mig vende din opmærksomhed væk fra den unge billedhugger.

And let us focus on the second half of the manuscript.

Og lad os fokusere på manuskriptets anden halvdel.

A few dreams alone would not have been so significant.

Et par drømme alene ville ikke have været så betydningsfulde.

The bas-relief could have been dismissed as a hoax.

Basrelieffet kunne have været afvist som et fupnummer.

But my uncle had previously been primed to take interest.

Men min onkel havde tidligere været klar til at vise interesse.

Wilcox's dream seemed to have a link to past events.

Wilcox' drøm syntes at have en forbindelse til tidligere begivenheder.

It wasn't the first time that he had heard that word.

Det var ikke første gang, han havde hørt det ord.

The ominous syllables perhaps written as "Cthulhu".

De ildevarslende stavelser måske skrevet som "Cthulhu".

He had seen and heard of similar descriptions before.

Han havde set og hørt lignende beskrivelser før.

The hellish outlines of the nameless monstrosity.

De helvedesagtige omrids af det navnløse uhyre.

He had previously puzzled over the same hieroglyphics.

Han havde tidligere undret sig over de samme hieroglyffer.

All this produced a horrible connection of events.

Alt dette skabte en forfærdelig sammenhæng mellem begivenhederne.

It is no wonder he pursued young Wilcox with queries.

Det er ikke underligt, at han forfulgte unge Wilcox med spørgsmål.

And we must not be surprised he interrogated Wilcox so.

Og vi må ikke være overraskede over, at han afhørte Wilcox på den måde.

This earlier experience had come in the year of 1908.

Denne tidligere oplevelse havde fundet sted i år 1908.

Seventeen years before Wilcox came to my great-uncle.

Sytten år før Wilcox kom til min grandonkel.

The archeological society were meeting in St. Louis.

Det arkæologiske selskab mødtes i St. Louis.

Professor Angell had a prominent part in the deliberations.

Professor Angell spillede en fremtrædende rolle i drøftelserne.

His responsibilities befitted one of his authority.

Hans ansvar hæmmede sig af en af hans autoriteter .

He was one of the first to be approached by several outsiders.

Han var en af de første, der blev kontaktet af adskillige udenforstående.

They took advantage of the convocation to offer questions.

De benyttede indkaldelsen til at stille spørgsmål.

They hoped for correct answering from an expert.

De håbede på et korrekt svar fra en ekspert.

They each had very peculiar types of problems.

De havde hver især meget særlige typer problemer.

And they required very different types of solutions.

Og de krævede meget forskellige typer løsninger.

The chief of these was a common-looking middle-aged man.

Den ledende af disse var en almindelig udseende midaldrende mand.

And he quickly became the meeting's focus of interest.

Og han blev hurtigt mødets fokuspunkt.

***

He had traveled to St. Louis all the way from New Orleans.

Han havde rejst hele vejen til St. Louis fra New Orleans.

He had come to the meeting for special information.

Han var kommet til mødet for at få særlige oplysninger.

Knowledge that could not be unobtained from local source.

Viden, der ikke kunne hentes fra lokale kilder.

His name was John Raymond Legrasse, police inspector.

Hans navn var John Raymond Legrasse, politiinspektør.

He bore with him the mysterious subject of his inquiries.
Han bar det mystiske emne for sine undersøgelser med sig.
A grotesque and apparently very ancient stone statuette.
En grotesk og tilsyneladende meget gammel stenstatuette.
A statuette whose origin no one had been able to determine.
En statuette hvis oprindelse ingen havde været i stand til at
fastslå.
But don't assume Inspector Legrasse was an archeologist.
Men antag ikke, at inspektør Legrasse var arkæolog.
He had very little interest in archeology, nor mythology.
Han havde meget lidt interesse for arkæologi eller mytologi.
**His wish for enlightenment had rather different
motivations.**
Hans ønske om oplysning havde ret forskellige motiver.
**He was prompted to come by purely professional
considerations.**
Han blev tilskyndet til at komme af rent professionelle
hensyn.
The statuette had been captured as part of a police raid.
Statuetten var blevet beslaglagt som en del af en politirazzia.
Although whether it was even a statuette wasn't determined.
Selvom det ikke overhovedet var en statuette, blev det ikke
fastslået.
It could also have been an idol, magic fetish, or charm.
Det kunne også have været en idol, magisk fetish eller amulet.
**Whatever it was, it had been captured some months
previously.**
Uanset hvad det var, var det blevet fanget nogle måneder
tidligere.
**A meeting was being held in the wooded swamps of New
Orleans.**
Der blev afholdt et møde i de skovklædte sumpe i New
Orleans.
**The police had been tipped of about a supposed voodoo
meeting.**
Politiet var blevet tippet om et formodet voodoo-møde.
Strange and hideous rites connected with the voodoo circle.

Mærkelige og hæslige ritualer forbundet med voodoo-cirklen.
The police could not but realize what they had stumbled on.
Politiet kunne ikke undgå at indse, hvad de var stødt på.
A dark cult previously totally unknown to the authorities.
En mørk kult, der tidligere var fuldstændig ukendt for
myndighederne.
Infinitely more sinister than what an outsider could expect.
Uendeligt mere uhyggeligt end hvad en udenforstående
kunne forvente.
**More diabolic than the blackest of the African voodoo
circles.**
Mere djævelsk end den sorteste af de afrikanske voodoo-
kredse.
**Unbelievable tales were extorted from the captured cult
members.**
Utrolige historier blev afpresset fra de tilfangetagne
kultmedlemmer.
But nothing of the relic's origin could be discovered.
Men intet om relikviens oprindelse kunne opdages.
Hence the anxiety of the police for any antiquarian lore.
Derfor politiets angst for enhver antikvarisk overlevering.
Ancient mythology might explain the frightful symbol.
Oldtidsmytologi kan muligvis forklare det skræmmende
symbol.
Deeper knowledge could perhaps track the fountain-head.
Dybere viden kunne måske spore kilden.
**Inspector Legrasse was not prepared for the excitement he
created.**
Inspektør Legrasse var ikke forberedt på den spænding, han
skabte.
One sight of the mysterious object was all that was required.
Et enkelt syn af den mystiske genstand var alt, hvad der skulle
til.
The assembled men of science were filled with curiosity.
De forsamlede videnskabsmænd var fyldt med nysgerrighed.
They lost no time in crowding closely around the inspector.

De spildte ingen tid med at stimle sig tæt sammen omkring inspektøren.

And they all tried to get the best look at the diminutive figure.

Og de forsøgte alle at få det bedste kig på den lille skikkelse.

***

The genuinely abysmal antiquity inspired wild imagination.

Den virkeligt afgrundsdybe oldtid inspirerede til vild fantasi.

The strangeness hinted so potently at unopened and archaic vistas.

Det mærkelige antydede så kraftigt uåbnede og arkaiske udsigter.

No recognized school of sculpture had animated this terrible object.

Ingen anerkendt skulpturskole havde animeret dette frygtelige objekt.

Yet centuries seemed recorded in the dim and greenish surface.

Alligevel syntes århundreder at være registreret i den dunkle og grønlige overflade.

Perhaps thousands of years were hidden in this unplaceable stone.

Måske var tusinder af år skjult i denne uplacerbare sten.

The figurine was finally passed slowly from man to man.

Figuren blev til sidst langsomt givet fra mand til mand.

Each scientist carefully studied the strange markings of the stone.

Hver videnskabsmand studerede omhyggeligt stenens mærkelige markeringer.

The work was between seven and eight inches in height.

Værket var mellem syv og otte tommer i højden.

And the exquisite artistic workmanship must be noted.

Og det udsøgte kunstneriske håndværk skal bemærkes.

The carvings represented a monster of vaguely anthropoid outline.

Udskæringerne forestillede et uhyre med vagt menneskelignende omrids.

On the face of the octopus-esque head was a mass of feelers.

På forsiden af det blæksprutte- lignende hoved var en masse følehorn.

Prodigious claws on hind and fore feet protruded from the body.

Enorme kløer på bag- og forpoter stak ud fra kroppen.

The bloated corpulence had a rubbery looking quality to it.

Den oppustede fylde havde et gummiagtigt udseende.

And from behind the rubbery body came out two narrow wings.

Og bag den gummiagtige krop kom to smalle vinger ud.

It would be instinctual to think of this thing as fearsome.

Det ville være instinktivt at tænke på denne ting som frygtindgydende.

There was an unnatural malignancy to the aura of the creature.

Der var en unaturlig ondartethed i væsenets aura.

The gargantuan squatted evilly on a rectangular block.

Den gigantiske satte sig ondskabsfuldt på hug på en rektangulær blok.

The pedestal it was on was covered with undecipherable characters.

Piedestalen, den stod på, var dækket af uforståelige tegn.

The tips of the wings touched the back edge of the block.

Vingspidserne rørte ved blokkens bagkant.

The creature was sitting on the middle of the giant block.

Væsenet sad midt på den kæmpestore blok.

Its legs were doubled up under its monstrous body.

Dens ben var dobbeltfoldet under dens uhyrlige krop.

The long, curved claws gripped the front edge of the cliff.

De lange, buede kløer greb fat i klippens forkant.

The cephalopod head was bent forward, observing its kingdom.

Blækspruttens hoved var bøjet forover og observerede sit rige.

**The ends of the facial feelers brushed the backs of huge
forepaws.**

Enderne af ansigtsfølerne strejfede ryggen af enorme forpoter.

And the forepaws clasped the croucher's elevated knees.

Og forpoterne greb fat om den, der sad på hug, sine løftede
knæ.

**The appearance of the grotesque scene was abnormally
lifelike.**

Den groteske scenes udseende var usædvanligt livagtigt.

**But this lifelike quality only added a subtle reason to be
more fearful.**

Men denne livagtige kvalitet tilføjede kun en subtil grund til
at være mere frygtsom.

Because we knew nothing about the source of the depiction.

Fordi vi ikke vidste noget om kilden til skildringen.

**The creature's vast, awesome, and incalculable age was
unmistakable.**

Væsenets enorme, ærefrygtindgydende og uberegnelige alder
var umiskendelig.

**But not one link did the depiction show with any known
type of art.**

Men ikke én eneste forbindelse viste afbildningen med nogen
kendt type kunst.

**Not even the earliest civilizations made reference to this
creature.**

Ikke engang de tidligste civilisationer omtalte denne skabning.

**But that is not the only point at which our knowledge failed
us.**

Men det er ikke det eneste punkt, hvor vores viden svigtede
os.

***

The mineralogy of the stone was also a complete mystery.

Stenens mineralogi var også et komplet mysterium.

Gold specks dotted the soapy, greenish-black stone.

Guldpletter prydede den sæbeagtige, grønlig-sorte sten.

Iridescent striations ran along the length of the stone.
Iriserende striber løb langs stenens længde.
In short, the stone resembled nothing within mineralogy.
Kort sagt, stenen lignede ingenting inden for mineralogi.
Geologists hadn't been able to identify the stone either.
Geologer havde heller ikke været i stand til at identificere
stenen.
The hieroglyphs along the stone were equally baffling.
Hieroglyferne langs stenen var lige så forvirrende.
The writing system was horribly different than other scripts.
Skrivesystemet var frygtelig anderledes end andre skrifttyper.
**A representation of half the world's leading experts was
present.**
En repræsentant fra halvdelen af verdens førende eksperter
var til stede.
**But no link to any known writing system could be
established.**
Men der kunne ikke etableres nogen forbindelse til noget
kendt skriftsystem.
**Everything frightfully suggested an old and unhallowed
cycle of life.**
Alt antydede skræmmende en gammel og vanhellig
livscyklus.
**A history in which our world and our conceptions played no
part.**
En historie, hvor vores verden og vores forestillinger ikke
spillede nogen rolle.
**The experts shook their heads, admitting they had been
defeated.**
Eksperterne rystede på hovedet og indrømmede, at de var
blevet besejret.
But one expert did not give up quite so quickly.
Men én ekspert gav ikke op helt så hurtigt.
**He claimed to have a touch of bizarre familiarity with the
subject.**
Han hævdede at have et strejf af bizar fortrolighed med
emnet.

The monstrous shape and writing weren't entirely new to him.

Den uhyrlige form og skrift var ikke helt ny for ham.

With some diffidence he told of the odd trifle he knew.

Med en vis generthed fortalte han om den mærkelige bagatel, han kendte.

This person was the late William Channing Webb.

Denne person var afdøde William Channing Webb.

He was professor of anthropology in Princeton University.

Han var professor i antropologi ved Princeton University.

And he was an explorer of no small significance.

Og han var en opdagelsesrejsende af ikke ringe betydning.

***

Forty-eight years ago he was exploring Greenland and Iceland.

For 48 år siden udforskede han Grønland og Island.

His group were in search of some Runic inscriptions.

Hans gruppe var på jagt efter nogle runeindskrifter.

But the expedition failed to unearth any inscriptions.

Men ekspeditionen lykkedes ikke at afdække nogen inskriptioner.

They trekked the heights of West Greenland's coasts.

De vandrede i højderne af Vestgrønlands kyster.

Here they encountered a strange cult of degenerate Eskimos.

Her mødte de en mærkelig kult af degenererede eskimoer.

Their religion consisted of a form of devil-worship.

Deres religion bestod af en form for djævledyrkelse.

And their rituals were deliberately bloodthirsty and repulsive.

Og deres ritualer var bevidst blodtørstige og frastødende.

It was a faith of which other Eskimos knew little.

Det var en tro, som andre eskimoer kendte meget lidt til.

Locals shuddered at the mention of their practices.

De lokale gøs ved omtalen af deres praksisser.

They said their believes came from horribly ancient eons.

De sagde, at deres overbevisninger stammer fra forfærdelig gamle tidsaldre.

A time before the world as we know it now had ever been made.

En tid før verden, som vi kender den nu, nogensinde var blevet skabt.

There were human sacrifices and queer hereditary rituals.

Der var menneskeofringer og mærkelige arvelige ritualer.

And all their worship was directed at a supreme tornasuk.

Og al deres tilbedelse var rettet mod en højeste tornasuk .

Professor Webb had taken a phonetic copy from an aged angekok.

Professor Webb havde taget en fonetisk kopi fra en ældre angekok.

He had transcribed the wizard-priest's chants as best he could.

Han havde transskriberet troldmandspræstens sange så godt han kunne.

But currently these transcriptions weren't of prime significance.

Men i øjeblikket var disse transkriptioner ikke af afgørende betydning.

The cult had a cherished stone that they worshipped.

Kulten havde en værdsat sten, som de tilbad.

They danced wildly when the aurora leaped over the ice cliffs.

De dansede vildt, da nordlyset sprang over isklipperne.

And in the midst of their dance was the strange stone.

Og midt i deres dans var den mærkelige sten.

It was, the professor stated, a very crude bas-relief of stone.

Det var, sagde professoren, et meget groft basrelief af sten.

The stone comprised a hideous picture and some cryptic writing.

Stenen bestod af et hæsligt billede og noget kryptisk skrift.

And as far as he could tell this stone was a rough parallel.

Og så vidt han kunne bedømme, var denne sten en grov parallel.

The stone had all the same essential features of bestial things.

Stenen havde alle de samme væsentlige træk ved bestialske ting.

The scientists received this data with suspense and astonishment.

Forskerne modtog disse data med spænding og forbløffelse.

Even Inspector Legrasse had quickly gained an interest in mythology.

Selv inspektør Legrasse havde hurtigt fået en interesse for mytologi.

And he began at once to ply his informant with questions.

Og han begyndte straks at udfordre sin informant med spørgsmål.

He had notes of the oral ritual of the cult-worshipers in the swamp.

Han havde noter om kultdyrkernes mundtlige ritualer i sumpen.

He besought the professor to remember the diabolist Eskimos' chants.

Han tryglede professoren om at huske de djævelske eskimoers sange.

There then followed an exhaustive comparison of details.

Derefter fulgte en udtømmende sammenligning af detaljerne.

And there then followed a moment of really awed silence.

Og så fulgte et øjebliks virkelig ærefrygtindgydende stilhed.

The Eskimo wizards and the Louisiana swamp-priests were worlds apart.

De eskimoiske troldmænd og sumppræsterne fra Louisiana var vidt forskellige verdener.

And yet there was a phrase the two hellish rituals had in common.

Og alligevel var der en sætning, som de to helvedesagtige ritualer havde til fælles.

"Ph'nglui mglw'nafh Cthulhu R'lyeh wgah'nagl fhtagn."

" Ph'nglui mglw'nafh Cthulhu R'lyeh wgah'nagl fhtagn .

***

Legrasse had one advantage over Professor Webb.
Legrasse havde én fordel i forhold til professor Webb.
He had spoken to several of his mongrel prisoners.
Han havde talt med flere af sine blandingsfanger.
Some of them had passed on the phrase's meaning.
Nogle af dem havde videregivet udtrykkets betydning.
"In his house at R'lyeh dead Cthulhu waits dreaming."
"I sit hus i R'lyeh venter den døde Cthulhu og drømmer."
So the attention turned back to Inspector Legrasse.
Så vendte opmærksomheden sig tilbage mod inspektør
Legrasse .
And he was probed with many disconnected questions.
Og han blev udspurgt med mange usammenhængende
spørgsmål.
He detailed his experience with the worshipers from the swamp.
Han beskrev sine oplevelser med tilbederne fra sumpen.
My uncle attached profound significance to the story.
Min onkel tillagde historien dyb betydning.
The report savored of the wildest dreams of myth-makers.
Rapporten smagte på mytemagernes vildeste drømme.
Theosophists could not have provided more imagination.
Teosofferne kunne ikke have bidraget med mere fantasi.
But the philosophies came from unexpected sources.
Men filosofierne kom fra uventede kilder.
Half-castes and pariahs told these fantastical stories.
Halvkaste og pariaer fortalte disse fantastiske historier.
On November 1st, 1907, his chain of events unfolded.
Den 1. november 1907 udfoldede hans begivenhedskæde sig.
The New Orleans police received desperate calls.
Politiet i New Orleans modtog desperate opkald.
They were called to the swamp and lagoon country to the south.
De blev kaldt til sump- og lagunelandet mod syd.
The settlers there were mostly primitive, but good-natured.

Nybyggerne der var for det meste primitive, men godmodige.
Most living by the swamp were descendants of Lafitte's men.
De fleste af dem, der boede ved sumpen, var efterkommere af Lafittes mænd.
But now they were in the grip of stark terror.
Men nu var de i grebet af grov terror.
An unknown thing had stolen upon them in the night.
En ukendt ting havde sneget sig ind på dem i natten.
It was voodoo, apparently, that caused the disturbance.
Det var tilsyneladende voodoo, der forårsagede forstyrrelsen.
But it was a voodoo unlike the other forms of voodoo.
Men det var voodoo i modsætning til de andre former for voodoo.
Voodoo of a more terrible sort than they had ever known.
Voodoo af en mere forfærdelig slags, end de nogensinde havde kendt.
Some of their women and children had disappeared.
Nogle af deres kvinder og børn var forsvundet.
A malevolent drumming had begun its incessant beating.
En ondsindet trommelyd havde begyndt sin uophørlige slåen.
Far and deep within those dark, black haunted woods.
Dybt og mørkt inde i de mørke, sorte, hjemsøgte skove.
There, where no dweller dared to ventured close to.
Der, hvor ingen beboer turde komme i nærheden.
There were insane shouts and harrowing screams.
Der var vanvittige råb og rystende skrig.
Soul-chilling chants and dancing devil-flames.
Sjæleskræmmende sange og dansende djævleflammer.
The messenger and his people could stand it no more.
Budbringeren og hans folk kunne ikke holde det ud længere.
A body of twenty police set out in the late afternoon.
En gruppe på tyve politibetjente rykkede ud sidst på eftermiddagen.
And a shivering settler came with them as a guide.
Og en rystende nybygger fulgte med dem som guide.

***

At the end of the passable road they alighted.

For enden af den farbare vej steg de af.

For miles and miles they splashed on in silence.

Kilometer efter kilometer plaskede de videre i stilhed.

And they went on through the terrible cypress woods.

Og de fortsatte gennem de frygtelige cypresskove.

Dark, dark woods in which day but almost never came.

Mørke, mørke skove, i hvilke dagen men næsten aldrig kom.

Ugly roots set traps for them in the wet ground.

Grimme rødder sætter fælder for dem i den våde jord.

Malignant hanging nooses of Spanish moss beset them.

Ondsindede hængende løkker af spansk mos omringede dem.

In the distance the settlement slowly came into sight.

I det fjerne kom bosættelsen langsomt til syne.

Hysterical dwellers ran out of the miserable huts.

Hysteriske beboere løb ud af de elendige hytter.

They clustered around the group of bobbing lanterns.

De flokkede sig omkring gruppen af vippende lanterner.

Far, far ahead the cause of all the fear could be heard.

Langt, langt fremme kunne årsagen til al frygten høres.

The muffled beat of drums was now faintly audible.

Den dæmpede trommerytme var nu svagt hørbar.

At times the wind shifted and revealed different sounds.

Til tider ændrede vinden sig og afslørede forskellige lyde.

Curdling shrieks were audible at infrequent intervals.

Osteskrig var hørbare med sjældne mellemrum.

A reddish glare seemed to filter through the undergrowth.

Et rødligt skær syntes at sive gennem underskoven.

The settlers were reluctant to be left alone again.

Nybyggerne var modvillige til at blive ladt alene igen.

But they point blank refused to move forwards either.

Men de nægtede blankt at gå videre.

So the inspector and his colleagues plunged on unguided.

Så inspektøren og hans kolleger fortsatte uden vejledning.

And they went into the black arcades of horror.

Og de gik ind i rædslernes sorte arkader.

The region was one of traditionally evil repute.

Regionen havde traditionelt et ondt ry.

The lands were substantially unknown by white men.

Landene var stort set ukendte for hvide mænd.

Not many explorers had traversed those regions yet.

Ikke mange opdagelsesrejsende havde endnu gennemrejset disse områder.

There were also legends of a hidden away lake.

Der var også legender om en skjult sø.

A body of water still unglimpsed by mortal sight.

Et vandområde stadig uskikket af dødeligt syn.

In the lake it was said there dwelt a strange creature.

Det siges, at der boede en mærkelig skabning i søen.

A huge, formless white polypous thing with luminous eye.

En enorm, formløs hvid polypøs ting med et lysende øje.

And settlers whispered about bat-winged devils.

Og nybyggere hviskede om flagermusvingede djævle.

They flew up out of caverns from the inner earth.

De fløj op af huler fra den indre jord.

And together the demons worship it at midnight.

Og sammen tilbeder dæmonerne den ved midnat.

They said it had been there before D'Iberville.

De sagde, at den havde været der før D'Iberville.

They said it had been there before La Salle too.

De sagde, at den også havde været der før La Salle.

They said it was there before the Native Americans.

De sagde, at det var der før de indfødte amerikanere.

Perhaps it was even there before the wholesome beasts.

Måske var den der endda før de sunde dyr.

It was a nightmare itself that made men dream.

Det var i sig selv et mareridt, der fik mænd til at drømme.

And to see the thing was the same as death.

Og at se tingen var det samme som døden.

And so they had enough warning to know to keep away.

Og derfor havde de tilstrækkelig advarsel til at holde sig væk.

Because it was indeed where they were warned it was.

Fordi det faktisk var der, de var blevet advaret om, at det var.
The voodoo orgy was on the fringe of this abhorred area.
Voodoo-orgien lå i udkanten af dette afskyelige område.
But the location was already bad enough by itself.
Men beliggenheden var allerede dårlig nok i sig selv.
The voodoo activities only added to the horror.
Voodoo-aktiviteterne øgede kun rædslen.
Perhaps poetry could do justice to the noises heard.
Måske kunne poesi yde de lyde, der høres, retfærdighed.
Otherwise only madness would help one understand.
Ellers ville kun galskab hjælpe én med at forstå.
But Legrasse's plowed on through the black morass.
Men Legrasse har pløjet videre gennem det sorte mose.
The sound of the muffled drumming slowly crystalized.
Lyden af den dæmpede trommelyd krystalliserede sig langsomt.
And they continued steadily towards the red glare.
Og de fortsatte støt mod det røde skær.

***

There are vocal qualities specific to men.
Der er vokale kvaliteter, der er specifikke for mænd.
And there are vocal qualities specific to beasts.
Og der er vokale kvaliteter, der er specifikke for dyr.
It is terrible when one makes the sounds of the other.
Det er forfærdeligt, når den ene laver lyde som den anden.
Animal fury freed them of their human restraint.
Dyreraseri befriede dem fra deres menneskelige begrænsninger.
Orgiastic license whipped them into demoniac heights.
Orgiastisk løshed piskede dem til dæmoniske højder.
Howls that tore through those perpetually dark woods.
Hyl, der rev gennem de evigt mørke skove.
Squawking ecstasies that echoed in everyone's mind.
Skrigende ekstaser, der gav genlyd i alles sind.
Sounds like pestilential tempests from the gulfs of hell.

Lyder som pestilensiske storme fra helvedes bugter.

Now and then the less organized ululations would cease.

Nu og da ophørte de mindre organiserede ululationer.

A well-drilled chorus of hoarse voices rose in singsong.

Et veløvet kor af hæse stemmer rejste sig i syngende sang.

And they chanted that hideous phrase of their ritual.

Og de sang den hæslige sætning fra deres ritual.

"Ph'nglui mglw'nafh Cthulhu R'lyeh wgah'nagl fhtagn"

" Ph'nglui mglw'nafh Cthulhu R'lyeh wgah'nagl ftagn

Then the men reached a spot where the trees were sparser.

Så nåede mændene et sted, hvor træerne var mere sparsomme.

Suddenly they come in sight of the spectacle itself.

Pludselig kommer de i syne for selve skuet.

Four of them reeled from the horrible things they saw.

Fire af dem var rystede af de forfærdelige ting, de havde set.

One man fainted, and two were shaken into a frantic cry.

En mand besvimede, og to blev rystet og udbrød et hektisk skrig.

Fortunately their screams were not heard by other ears.

Heldigvis blev deres skrig ikke hørt af andre ører.

The mad cacophony of the orgy deadened their screams.

Orgiens vanvittige kakofoni dæmpede deres skrig.

Legrasse splashed swamp water on the fainting man.

Legrasse plaskede sumpvand på den besvimende mand.

They stood up again, but nearly hypnotized with horror.

De rejste sig igen, men næsten hypnotiserede af rædsel.

In a natural glade of the swamp stood a grassy island.

I en naturlig lysning i sumpen stod en græsklædt ø.

The grassy island extended perhaps for an acre.

Den græsklædte ø strakte sig måske over en hektar.

And the area was clear of trees and tolerably dry.

Og området var ryddet for træer og nogenlunde tørt.

A horde of human abnormality leaped and twisted.

En horde af menneskelig abnormalitet sprang og vred sig.

No Sime could paint what the men were seeing.

Ingen Sime kunne male, hvad mændene så.

No Angarola has ever painted such an indescribable scene.

Ingen Angarola har nogensinde malet en så ubeskrivelig
scene.
The hybrid spawn made a monstrous ring-shaped bonfire.
Hybrid-ynglen lavede et uhyrligt ringformet bål.
They brayed bellowed and writhed about in their nudity.
De skrøjede, brølede og vred sig rundt i deres nøgenhed.
Occasionally there were rifts in the curtain of flame.
Af og til var der rifter i flammetæppet.
And there the object of their worship revealed itself.
Og der åbenbarede genstanden for deres tilbedelse sig.
In the midst of the fire stood a great granite monolith.
Midt i ilden stod en stor granitmonolit.
The stone structure was only about eight feet in height.
Stenstrukturen var kun omkring otte fod høj.
And the noxious carven statuette rested on the monolith.
Og den skadelige udskårne statuette hvilede på monolitten.
The idle was almost incongruous in its diminutiveness.
Tomgangen var næsten uoverensstemmende i sin
diminutivitet.
Spaced evenly, scaffolds had been erected around the fire.
Der var blevet rejst stilladser jævnt fordelt omkring bålet.
From the scaffolding hung a number of marred bodies.
Fra stilladset hang et antal forliste lig.
The bodies of those that had disappeared from nearby.
Ligene af dem, der var forsvundet fra det nærliggende
område.
It was inside this circle the ring of worshipers were.
Det var inden for denne cirkel, ringen af tilbedere var .
And they roared and jumped in the frantic trance.
Og de brølede og sprang i den hektiske trance.
The general direction of the motion was anti-clockwise.
Bevægelsens generelle retning var mod uret.
The ring of bodies circling around the ring of fire.
Ringen af kroppe, der cirkler rundt ildringen.
One man recollected other details even more concerning.
En mand huskede andre detaljer, der var endnu mere
foruroligende.

But perhaps the echoes induced him to hear other things.
Men måske fik ekkoerne ham til at høre andre ting.
He fancied he heard antiphonal responses to the ritual.
Han forestillede sig, at han hørte antifonale svar på ritualet.
Noises from an unillumined spot deeper within the woods.
Lyde fra et uoplyst sted dybere inde i skoven.
This man, Joseph D. Galvez, I later met and questioned.
Denne mand, Joseph D. Galvez, mødte og afhørte jeg senere.
And he proved to indeed be distractingly imaginative.
Og han viste sig faktisk at være distraherende fantasifuld.
He even hinted at the faint beating of great wings.
Han antydede endda de svage slag fra store vinger.
And he suggested there was a glimpse of shining eyes.
Og han antydede, at der var et glimt af skinnende øjne.
And beyond the trees, a mountainous white bulk of something.
Og bag træerne, en bjergrig, hvid masse af noget.
I suppose he had heard too much native superstition.
Jeg formoder, at han havde hørt for meget indfødt overtro.
But actually the horrified pause was relatively brief.
Men faktisk var den forfærdede pause relativt kort.
Duty came first, and they had come to do a job.
Pligten kom først, og de var kommet for at udføre et arbejde.

***

There must have been nearly a hundred mongrel celebrants.
Der må have været næsten hundrede blandingscelebranter.
But the police were able to rely on their firearms.
Men politiet kunne stole på deres skydevåben.
And they plunged determinedly into the nauseous rout.
Og de kastede sig beslutsomt ud i den kvalmende flugt.
For five minutes the chaotic din was beyond description.
I fem minutter var den kaotiske larmen ubeskrivelig.
Wild blows were struck and shots were fired.
Der blev slået vilde slag, og der blev affyret skud.
Some escaped arrest by running into the darkness.

Nogle undslap anholdelse ved at løbe ind i mørket.
They had a better knowledge of the layout of the swamp.
De havde et bedre kendskab til sumpens udformning.
But Legrasse and his men caught around half of them.
Men Legrasse og hans mænd fangede omkring halvdelen af dem.
And they counted around forty-seven sullen prisoners.
Og de talte omkring syvogfyrre mutte fanger.
They were forced to put on their clothes again.
De blev tvunget til at tage deres tøj på igen.
And they fell into line between two rows of policemen.
Og de stillede sig op mellem to rækker af politibetjente.
Five of the worshipers lay dead by the fire.
Fem af de troende lå døde ved ilden.
Two severely wounded prisoners were carried away.
To hårdt sårede fanger blev ført væk.
Of course the image on the monolith was removed.
Selvfølgelig blev billedet på monolitten fjernet.
Legrasse himself took the evidence to the police station.
Legrasse selv tog beviserne med til politistationen.
The trip back to the headquarters was of intense strain.
Turen tilbage til hovedkvarteret var meget anstrengende.
The men were examined when they got back to civilization.
Mændene blev undersøgt, da de vendte tilbage til civilisationen.
The prisoners all proved to be men of a very low type.
Fangerne viste sig alle at være mænd af en meget lav type.
They were all mixed-blooded, and mentally aberrant.
De var alle blandede og mentalt afvigende.
Most were seamen by trade, or some similar professions.
De fleste var sømænd af profession eller lignende erhverv.
Negroes and mulattoes were sprinkled among them.
Negre og mulatter var spredt iblandt dem.
But most seemed to be West Indians or Brava Portuguese.
Men de fleste syntes at være vestindere eller Brava-portugisere.
They primarily came from the Cape Verde Islands.

De kom primært fra Kap Verde-øerne.

They gave the heterogeneous cult a coloring of voodooism.

De gav den heterogene kult en farve af voodooisme.

But there wasn't even a need to ask too many questions.

Men der var ikke engang behov for at stille for mange spørgsmål.

The conclusion quickly became manifest by itself.

Konklusionen blev hurtigt tydelig af sig selv.

Something far deeper than negro fetishism was involved.

Der var noget langt dybere end negerfetischisme involveret.

Although ignorant, but their story was consistent.

Selvom de var uvidende, var deres historie konsekvent.

The creatures all spoke of the same central idea.

Væsnerne talte alle om den samme centrale idé.

They certainly all shared the same loathsome faith.

De delte bestemt alle den samme afskyelige tro.

They worshiped, so they said, the great old ones.

De tilbad, sagde de, de store gamle.

The great old ones lived long before there were any men.

De store gamle levede længe før der var nogen mennesker.

And they came to the young world out of the sky.

Og de kom til den unge verden fra himlen.

Those old ones were now gone, they explained.

De gamle var nu væk, forklarede de.

They were now inside the earth and under the sea.

De var nu inde i jorden og under havet.

But their dead bodies found ways to tell their secrets.

Men deres lig fandt måder at fortælle deres hemmeligheder på.

They whispered into the dreams of the first men.

De hviskede ind i de første mænds drømme.

And the first men formed a cult which has never died.

Og de første mænd dannede en kult, som aldrig er død.

***

The cult had always existed, and always would exist.

Kulten havde altid eksisteret, og ville altid eksistere.

Their followers were hidden in wastes all over the world.

Deres tilhængere var skjult i ødemarker over hele verden.

Their followers were in dark places explorers overlooked.

Deres tilhængere var på mørke steder, som opdagelsesrejsende overså.

And they would remain hidden until they were called.

Og de ville forblive skjult, indtil de blev kaldt til.

When the great priest Cthulhu rises again to the surface.

Da den store præst Cthulhu atter stiger op til overfladen.

When Cthulhu brings the earth again beneath his sway.

Når Cthulhu atter bringer jorden under sit herredømme.

When Cthulhu leaves from his dark house in the mighty city of R'lyeh.

Da Cthulhu forlader sit mørke hus i den mægtige by R'lyeh.

Some day he was going call, when the stars were ready.

En dag skulle han ringe, når stjernerne var klar.

And the secret cult will always be waiting to liberate him.

Og den hemmelige kult vil altid vente på at befri ham.

Meanwhile, no more of his story must be told.

I mellemtiden må der ikke fortælles mere af hans historie.

There was a secret even torture could not extract.

Der var en hemmelighed, som selv tortur ikke kunne afsløre.

Mankind was not alone among the conscious things of earth.

Menneskeheden var ikke alene blandt jordens bevidste ting.

Because shapes came out of the dark to visit the faithful few.

Fordi skikkelser kom ud af mørket for at besøge de få trofaste.

But these were not the great old ones.

Men det var ikke de store gamle.

No man had ever seen the great old ones.

Intet menneske havde nogensinde set de store gamle.

The carven idol was of great Cthulhu.

Den udskårne statue var af den store Cthulhu.

None could say whether the others were like him.

Ingen kunne sige, om de andre var ligesom ham.

No one could read the old writing now.

Ingen kunne læse den gamle skrift nu.

Instead, things were told by word of mouth.
I stedet blev tingene fortalt mundtligt.
The chanted ritual was not the secret.
Det messerte ritual var ikke hemmeligheden.
The secret was never spoken aloud, only whispered.
Hemmeligheden blev aldrig sagt højt, kun hvisket.
The chant meant one thing, and one thing alone:
Sangen betød én ting, og kun én ting:
"In his house at R'lyeh dead Cthulhu waits dreaming."
"I sit hus i R'lyeh venter den døde Cthulhu og drømmer."
Only two of the prisoners were found sane enough to be hanged.
Kun to af fangerne blev fundet ved deres fulde fem til at blive hængt.
The rest of them were committed to various institutions.
Resten af dem var tilknyttet forskellige institutioner.
All denied to have taken any part in the ritual murders.
Alle benægtede at have deltaget i de rituelle mord.
They said the killing had been done by something else.
De sagde, at drabet var blevet udført af noget andet.
"The black-winged ones," the each insisted, separately.
"De sortvingede," insisterede de hver for sig.
They had come to them from their immemorial meeting-place.
De var kommet til dem fra deres umindelige mødested.
They had arisen out from the haunted woodlands.
De var dukket op fra de hjemsøgte skove.
But the stories of mysterious allies were inconsistent.
Men historierne om mystiske allierede var inkonsekvente.

***

What the police did extract came mainly from one man.
Det, politiet fandt frem, kom primært fra én mand.
An immensely aged mestizo named Castro.
En umådeligt gammel mestizo ved navn Castro.
He claimed to have sailed to strange ports.

Han hævdede at have sejlet til fremmede havne.
And he said he had been to the mountains of China.
Og han sagde, at han havde været i Kinas bjerge.
There he talked with undying leaders of the cult.
Der talte han med kultens evige ledere.
Old Castro remembered bits of hideous legend.
Gamle Castro huskede stykker af en hæslig legende.
His legends paled the speculations of theosophists.
Hans legender blegnede teosofernes spekulationer.
His stories made man seem like a recent creation.
Hans historier fik mennesket til at virke som en ny skabning.
Even the world was transient in his account of things.
Selv verden var forgængelig i hans beretning om tingene.
There had been eons when other Things ruled on the earth.
Der havde været æoner, hvor andre Ting herskede på jorden.
And they had had great cities here on the earth.
Og de havde haft store byer her på jorden.
The deathless Chinamen told him reserved secrets.
De udødelige kinesere fortalte ham forbeholdne
hemmeligheder.
He had told him their ruins could still be found.
Han havde fortalt ham, at deres ruiner stadig kunne findes.
There were still Cyclopean stones on islands in the Pacific.
Der var stadig kyklopiske sten på øer i Stillehavet.
They all died vast epochs of time before man came.
De døde alle lange tidsperioder før mennesket kom.
But there were knowledges and practices in ancients arts.
Men der var viden og praksis i oldtidens kunst.
Special rituals which could revive them again, in time.
Særlige ritualer, som med tiden kunne genoplive dem.
In the cycle of eternity their return was inevitable.
I evighedens cyklus var deres tilbagevenden uundgåelig.
When the stars come round again to the right positions
Når stjernerne igen vender tilbage til de rigtige positioner
They had, indeed themselves come from the stars.
De var faktisk selv kommet fra stjernerne.
"These great old ones," Castro continued.

"Disse fantastiske gamle," fortsatte Castro.

They were not composed entirely of flesh and blood.

De bestod ikke udelukkende af kød og blod.

They had shape," Castro insisted, confidently.

De havde form," insisterede Castro selvsikkert.

And he had strange proof for what he believed.

Og han havde mærkelige beviser for, hvad han troede.

But the shape they took on was not made of matter.

Men den form, de antog, var ikke lavet af materie.

When the stars were in their right positions.

Da stjernerne var i deres rette positioner.

Then they could plunge from one world to another.

Så kunne de springe fra den ene verden til den anden.

Because they can move themselves through the sky.

Fordi de kan bevæge sig selv gennem himlen.

But when the stars were wrong, they cannot live.

Men når stjernerne tog fejl, kan de ikke leve.

And it is true that they no longer live like we do.

Og det er sandt, at de ikke længere lever, som vi gør.

But despite that, they never really die either.

Men på trods af det, dør de aldrig rigtigt heller.

They rest in stone houses in their great city of R'lyeh.

De hviler i stenhuse i deres store by R'lyeh .

They are preserved by the spells of mighty Cthulhu.

De er bevaret af den mægtige Cthulhus besværgelser.

So there they lie, unaffected by the passing of time.

Så ligger de der, upåvirkede af tidens gang.

And they wait for another glorious resurrection.

Og de venter på endnu en herlig opstandelse.

When the stars and earth are ready for them again.

Når stjernerne og jorden er klar til dem igen.

But they are still dependent on an outside force.

Men de er stadig afhængige af en udefrakommende kraft.

A force from outside served to liberate their bodies.

En udefrakommende kraft tjente til at befri deres kroppe.

The spells preserved them and kept them intact.

Besværgelserne bevarede dem og holdt dem intakte.

But the spells also kept them from breaking free.

Men trylleformularerne forhindrede dem også i at bryde fri.

So they could only lie awake in the dark and think.

Så de kunne kun ligge vågne i mørket og tænke.

***

In the meantime uncounted millions of years rolled by.

I mellemtiden rullede utallige millioner af år forbi.

They knew all that was occurring in the universe.

De vidste alt, hvad der foregik i universet.

Because their mode of speech was transmitted thought.

Fordi deres talemåde var overført tanke.

Even now they were talking in their tombs.

Selv nu talte de sammen i deres grave.

Then, after infinities of chaos, the first men came.

Så, efter uendeligheder af kaos, kom de første mænd.

The great old ones spoke to the sensitive among them.

De store gamle talte til de følsomme iblandt dem.

They spoke to them by molding their dreams.

De talte til dem ved at forme deres drømme.

Only that way could their language reach the fleshly minds of mammals.

Kun på den måde kunne deres sprog nå pattedyrs kødelige sind.

Then, whispered Castro, those first men formed the cult.

Så, hviskede Castro, dannede de første mænd kulten.

They organized themselves around small idols.

De organiserede sig omkring små idoler.

The small idols which the great ones had shown them.

De små idoler, som de store havde vist dem.

Idols brought from dim eras from dark stars.

Idoler bragt fra dunkle epoker fra mørke stjerner.

That cult would never die till the stars came right again.

Den kult ville aldrig dø, før stjernerne stod rigtige igen.

The secret priests were going to take great Cthulhu from His tomb.

De hemmelige præster ville tage den store Cthulhu fra hans grav.

And they were going to revive His subjects.

Og de ville genoplive Hans undersåtter.

And then Cthulhu was going to resume His rule of earth.

Og så skulle Cthulhu genoptage sit herredømme over jorden.

The right time was going to reveal itself quite clearly.

Det rette tidspunkt ville vise sig ret tydeligt.

At that time mankind will have become as the great old ones.

Til den tid vil menneskeheden være blevet som de store gamle.

They will be free and wild and beyond good and evil.

De vil være frie og vilde og hinsides godt og ondt.

Laws and morals are going to be thrown aside.

Love og moral vil blive tilsidesat.

All men will be shouting and killing and reveling in joy.

Alle mænd vil råbe og slå ihjel og fryde sig i glæde.

Then the liberated old ones will teach them the new ways.

Så vil de befriede gamle lære dem de nye veje.

New ways to shout and kill and revel and enjoy.

Nye måder at råbe og dræbe og svælge og nyde.

And all the earth will flame with a holocaust of ecstasy and freedom.

Og hele jorden vil flamme af ekstase og frihed.

Meanwhile the cult had to practice the appropriate rites.

I mellemtiden måtte kulten praktisere de passende ritualer.

They had to keep alive the memory of those ancient ways.

De måtte holde mindet om de gamle skikker i live.

And they had to shadow forth the prophecy of their return.

Og de måtte skygge for profetien om deres tilbagevenden.

In the elder time chosen men spoke with the entombed Old Ones.

I ældre tid talte udvalgte mænd med de begravede Gamle.

The entombed Old Ones spoke to them in their dreams.

De begravede Gamle talte til dem i deres drømme.

But then something disturbed their means of communication.
Men så forstyrrede noget deres kommunikationsmidler.
The great stone in the city R'lyeh had sunk beneath the waves.
Den store sten i byen R'lyeh var sunket under bølgerne.
And the monoliths and sepulchers were beneath the waters.
Og monolitterne og gravene var under vandet.
Deep waters full of the one primal mystery.
Dybt vand fyldt med det ene oprindelige mysterium.
Waters through which not even thought can pass.
Vand, som ikke engang tanken kan passere igennem.
Water that cut off their spectral communication.
Vand, der afbrød deres spektrale kommunikation.
But the memory of the rites and rituals never died.
Men erindringen om ritualerne og ritualerne døde aldrig.
And high priests said that the city would rise again.
Og ypperstepræsterne sagde, at byen ville genopstå.
When the stars were right Cthulhu was going to return.
Når stjernerne stod rigtigt, ville Cthulhu vende tilbage.
The moldy black spirits of the earth will come out again.
Jordens mugne, sorte ånder vil komme frem igen.
Shadowy black spirits full of dim rumors.
Skyggefulde sorte ånder fulde af dystre rygter.

***

The spirits collected in caverns beneath forgotten sea-bottoms.
Ånderne samledes i huler under glemte havbunde.
But of those spirits old Castro dared not speak much.
Men om disse ånder turde gamle Castro ikke tale meget.
And he hurriedly cut himself off from the topic.
Og han afbrød sig hurtigt fra emnet.
No amount of persuasion could elicit more in this direction.
Ingen mængde overtalelse kunne fremkalde mere i denne retning.

No subtlety could convince him to speak of those spirits.

Ingen subtilitet kunne overtale ham til at tale om disse ånder.

The size of the old ones, too, he curiously declined to mention.

Størrelsen på de gamle afviste han også nysgerrigt at nævne.

And of the cult he spoke very little too.

Og om kulten talte han også meget lidt.

He thought the center lay amid the pathless deserts of Arabia.

Han troede, at centrum lå midt i Arabiens stiløse ørkener.

There in Irem, the City of Pillars, dreams hidden and untouched.

Der i Irem, Søjlernes By, drømme skjult og uberørt.

This cult was not allied to the European witch-cult.

Denne kult var ikke allieret med den europæiske heksekult.

And the cult was virtually unknown beyond its members.

Og kulten var stort set ukendt ud over dens medlemmer.

No book had ever really hinted of their knowledge.

Ingen bog havde nogensinde rigtigt antydet deres viden.

Though the deathless Chinamen said the mad Arab Abdul Alhazred came close.

Selvom de udødelige kinesere sagde, at den gale araber Abdul Alhazred var tæt på.

He said that there were double meanings in his Necronomicon.

Han sagde, at der var dobbeltbetydninger i hans Necronomicon.

The initiated were free to read it if they wanted to.

De indviede kunne frit læse den, hvis de ville.

And they should pay attention to one couplet in particular.

Og de bør være særligt opmærksomme på én kobling.

"That which is not dead can sleep for eternity,"

"Det, som ikke er dødt, kan sove i evigheden."

"And with strange eons even death may die."

"Og med mærkelige æoner kan selv døden dø."

Legrasse had been deeply impressed by what he heard.

Legrasse var blevet dybt imponeret af det, han hørte.

And he was not a little bewildered by the tale.
Og han var ikke lidt forvirret over historien.
He inquired in vain about the historic affiliations of the cult.
Han spurgte forgæves om kultens historiske tilhørsforhold.
Castro, apparently, had told the truth about the oath of secrecy.
Castro havde tilsyneladende fortalt sandheden om tavshedseden.
The authorities at Tulane University could not offer much help either.
Myndighederne på Tulane University kunne heller ikke tilbyde megen hjælp.
The were not able to shed no light upon neither cult, nor the image.
De var ikke i stand til at kaste lys over hverken kulten eller billedet.
And now the detective had come to the highest authorities in the country.
Og nu var detektiven kommet til de højeste myndigheder i landet.
And he heard none other than Professor Webb' tale in Greenland.
Og han hørte ingen anden end professor Webbs fortælling i Grønland.

***

Legrasse's tale aroused feverish interest at the meeting.
Legrasses fortælling vakte febrilsk interesse ved mødet.
The story was not only significant in its implications.
Historien var ikke kun betydningsfuld i sine implikationer.
But the story was also corroborated by the statuette.
Men historien blev også bekræftet af statuetten.
The excitement echoed in the subsequent correspondence.
Begejstringen gav genlyd i den efterfølgende korrespondance.
Those who attended stayed in close contact with each other.
De deltagende holdt tæt kontakt med hinanden.

Although scant mention occurs in the formal publications.

Selvom det kun er sparsomt nævnt i de officielle
publikationer.

Caution is the first care of those accustomed to charlatanry.

Forsigtighed er den første omhu for dem, der er vant til
charlataneri.

Impostures are kept out as much as it is possible.

Svindel holdes ude så vidt muligt.

Legrasse for some time lent the image to Professor Webb.

Legrasse lånte i nogen tid billedet til professor Webb.

But at the latter's death the image was returned to him.

Men ved sidstnævntes død blev billedet givet tilbage til ham.

And the image remains in Legrasse's possession.

Og billedet forbliver i Legrasses besiddelse.

This is where I viewed the terrible image not long ago.

Det var her, jeg så det forfærdelige billede for ikke så længe
siden.

The image is unmistakably akin to Wilcox' dream-sculpture.

Billedet er umiskendeligt beslægtet med Wilcox'
drømmeskulptur.

It was no wonder my uncle was so excited by his tale.

Det var ikke underligt, at min onkel var så begejstret for hans
historie.

And I'm not surprised he made the efforts he made.

Og jeg er ikke overrasket over, at han gjorde den indsats, han
gjorde.

He had heard everything Legrasse knew of the cult.

Han havde hørt alt, hvad Legrasse vidste om kulten.

And the strange cultish dreams of a sensitive young man.

Og de mærkelige kultagtige drømme hos en følsom ung
mand.

The bas-relief just like the one from the swamp.

Basrelieffet ligesom det fra sumpen.

The addition of the devil tablet in Greenland.

Tilføjelsen af djævletavlen i Grønland.

The exact same words used in three remote occurrences.

De præcis samme ord brugt i tre fjerntliggende forekomster.

The Eskimo diabolists, the mongrels in Louisiana, and then Wilcox.

De eskimoiske djævlefolk, blandingsdyrene i Louisiana, og så Wilcox.

What other conclusion could one possibly have come to?

Hvilken anden konklusion kunne man overhovedet være kommet til?

It's only natural Professor Angel pursued this conclusion.

Det er kun naturligt, at professor Angel forfulgte denne konklusion.

And I wouldn't have expected him to be less thorough.

Og jeg havde ikke forventet, at han ville være mindre grundig.

My great-uncle was a man of principled academic rigor.

Min grandonkel var en mand med principfast akademisk stringens.

Though privately I also had other plausible theories.

Selvom jeg privat også havde andre plausible teorier.

I suspected young Wilcox of having heard of the cult.

Jeg mistænkte unge Wilcox for at have hørt om kulten.

Maybe he had heard of the cult in some indirect way.

Måske havde han hørt om kulten på en eller anden indirekte måde.

He could easily have invented a series of dreams.

Han kunne nemt have opfundet en række drømme.

That way he could heighten and continue the mystery.

På den måde kunne han forstærke og fortsætte mysteriet.

The dream-narratives and cuttings collected did of course corroborate.

De indsamlede drømmefortællinger og udklip bekræftede naturligvis dette.

But the rationalism of my mind had not yet been satisfied.

Men min rationalisme var endnu ikke tilfredsstillet.

Coincidences can form highly believable illusions too.

Tilfældigheder kan også skabe meget troværdige illusioner.

And we have to bear in mind the extravagance of the whole subject.

Og vi skal huske på hele emnets ekstravagance.

So I was led to adopt what I thought the most sensible conclusions.

Så jeg blev ledt til at vedtage, hvad jeg anså for at være de mest fornuftige konklusioner.

I thoroughly studied the manuscript from the beginning.

Jeg studerede manuskriptet grundigt fra starten.

And I correlated the theosophical and anthropological notes.

Og jeg korrelerede de teosofiske og antropologiske noter.

I compared the literature with the cult narrative of Legrasse.

Legrasses kultfortælling .

I made a trip to Providence to see the sculptor.

Jeg tog en tur til Providence for at se billedhuggeren.

And I intended to give him the rebuke I thought proper.

Og jeg havde i sinde at give ham den irettesættelse, jeg fandt passende.

There must be consequences, I felt, for the trick he played.

Der måtte være konsekvenser, følte jeg, for det trick, han spillede.

He had boldly imposed himself upon a learned and aged man.

Han havde dristigt påtvunget sig en lærd og gammel mand.

***

Wilcox still lived alone where my uncle had met him.

Wilcox boede stadig alene, hvor min onkel havde mødt ham.

In the Fleur-de-Lys Building in Thomas Street.

I Fleur-de-Lys-bygningen på Thomas Street.

A hideous Victorian imitation of Seventeenth Century Breton architecture.

En hæslig victoriansk efterligning af bretonsk arkitektur fra det syttende århundrede.

The building flaunted its stuccoed front amidst its surroundings.

Bygningen pralede med sin stukklædte facade midt i sine omgivelser.

There were lovely Colonial houses on the ancient hill.

Der var smukke koloniale huse på den gamle bakke.
**And the house stood under the shadow of the finest
Georgian steeple in America.**
Og huset stod i skyggen af det fineste georgianske spir i
Amerika.
I found him at work in his rooms, among his sculptures.
Jeg fandt ham på arbejde i hans værelser, blandt hans
skulpturer.
The specimens scattered came from a very unique mind.
De spredte eksemplarer kom fra et helt unikt sind.
**At once I conceded that his genius is indeed profound and
authentic.**
Med det samme indrømmede jeg, at hans geni virkelig er
dybsindigt og autentisk.
**He has crystallized in clay that which Arthur Machen evokes
in prose.**
Han har krystalliseret i ler det, som Arthur Machen
fremkalder i prosa.
**He mirrored in marble the nightmares Clark Ashton Smith
put to canvas.**
Han spejlede i marmor de mareridt, som Clark Ashton Smith
havde lagt på lærred.
**He will, I believe, be spoken of one day as one of the great
decadents.**
Jeg tror, at han en dag vil blive omtalt som en af de store
dekadenter.
He was dark, frail, and somewhat unkempt in aspect.
Han var mørk, skrøbelig og noget usoigneret af udseende.
He turned languidly at my knock on his door.
Han vendte sig langsomt om, da jeg bankede på hans dør.
He didn't rise from his seat when I came in.
Han rejste sig ikke fra sin plads, da jeg kom ind.
And he asked me what the purpose of my visit was.
Og han spurgte mig, hvad formålet med mit besøg var.
When I told him who I was his interest was piqued.
Da jeg fortalte ham, hvem jeg var, blev hans interesse vakt.

My uncle had excited his curiosity by probing his strange dreams.

Min onkel havde vakt hans nysgerrighed ved at undersøge hans mærkelige drømme.

Although he had never explained the reason for the study.

Selvom han aldrig havde forklaret årsagen til undersøgelsen.

I did not enlarge his knowledge in this regard.

Jeg udvidede ikke hans viden på dette område.

But I sought with some subtlety to gain his confidence.

Men jeg søgte med en vis subtilitet at vinde hans tillid.

In a short time I became convinced of his absolute sincerity.

På kort tid blev jeg overbevist om hans absolutte oprigtighed.

He spoke of the dreams in a manner none could mistake.

Han talte om drømmene på en måde, som ingen kunne tage fejl af.

His dreams' subconscious residuum had influenced his art profoundly.

Hans drømmes underbevidste rester havde påvirket hans kunst dybtgående.

He showed me a morbid statue of the likes I had never seen before.

Han viste mig en morbid statue af en mage, jeg aldrig havde set før.

The statue's contours almost made me shake with fear.

Statuens konturer fik mig næsten til at ryste af frygt.

The potency of the statue's black suggestion was overbearing.

Styrken af statuens sorte suggestion var overbærende.

He could not recall having seen the original of this thing.

Han kunne ikke huske at have set originalen af denne tingest.

But the statue was inspired by his own dream bas-relief.

Men statuen var inspireret af hans eget drømmebasrelief.

The outlines had formed themselves insensibly under his hands.

Konturerne havde formet sig umærkeligt under hans hænder.

It was, no doubt, the giant shape he had raved of in delirium.

Det var uden tvivl den kæmpeform, han havde begejstret for i delirium.

That he really knew nothing of the hidden cult he soon made clear.

At han i virkeligheden intet vidste om den skjulte kult, gjorde han snart klart.

Only my uncle's relentless catechism had given him some clues,

Kun min onkels ubarmhjertige katekismus havde givet ham nogle spor,

And again I strove to explain the obvious conclusions away.

Og igen bestræbte jeg mig på at bortforklare de åbenlyse konklusioner.

How he could possibly have received the weird impressions?

Hvordan kunne han dog have fået de mærkelige indtryk?

He talked of his dreams in a strangely poetic fashion.

Han talte om sine drømme på en mærkelig poetisk måde.

He made me see with terrible vividness the vistas of his dream.

Han lod mig med forfærdelig livagtighed se udsigterne fra sin drøm.

The damp Cyclopean city of slimy green stone.

Den fugtige kyklopiske by af slimede grønne sten.

The geometry he oddly said, was all wrong.

Geometrien, han mærkeligt nok sagde, var helt forkert.

And he spoke of what he heard with frightened expectancy.

Og han talte om det, han hørte, med skræmt forventning.

The ceaseless, half-mental calling from underground:

Det uophørlige, halvt mentale kald fra undergrunden:

"Cthulhu fhtagn... Cthulhu fhtagn"

"Cthulhu fhtagn ... Cthulhu fhtagn "

These words had formed part of that dreaded ritual.

Disse ord havde været en del af det frygtede ritual.

The ritual the told of dead Cthulhu's dream-vigil.

Ritualet fortalte om den døde Cthulhus drømmevagt.

The ritual that told of his stone vault at R'lyeh.

Ritualet, der fortalte om hans stenhvælving i R'lyeh .
And I felt deeply moved, despite my rational beliefs.
Og jeg følte mig dybt bevæget, på trods af mine rationelle
overbevisninger.
Wilcox, I was sure, had heard of the cult in some casual way.
Jeg var sikker på, at Wilcox havde hørt om kulten på en eller
anden tilfældig måde.
He spent his time in a mass of equally weird literature.
Han tilbragte sin tid i en mængde af lige så besynderlig
litteratur.
He must have forgotten the source of his knowledge.
Han må have glemt kilden til sin viden.
**Later the cult had found subconscious expression in his
dreams.**
Senere havde kulten fundet underbevidst udtryk i hans
drømme.
But this is natural when stories are so impressive.
Men det er naturligt, når historier er så imponerende.
**Finally the cult's ideas manifested themselves in the bas-
relief.**
Endelig manifesterede kultens ideer sig i basrelieffet.
**And now the subject of the cult manifested itself in the
terrible statue.**
Og nu manifesterede kultens emne sig i den frygtelige statue.
**I was convinced his imposture upon my uncle had been very
innocent.**
Jeg var overbevist om, at hans bedrag mod min onkel havde
været meget uskyldigt.
He both slightly affected, and slightly ill-mannered.
Han var både lettere påvirket og lettere uopdragen.
He had a disposition which I could never like.
Han havde et temperament, som jeg aldrig ville kunne bryde
mig om.
But I was willing enough now to admit his genius.
Men jeg var nu villig nok til at indrømme hans geni.
And I have no way of denying his honesty either.
Og jeg har ingen måde at benægte hans ærlighed på.

Despite my initial feelings, I took leave of him amicably.

Trods mine indledende følelser tog jeg mindeligt afsked med ham.

And I wish him all the success his talent promises.

Og jeg ønsker ham al den succes, hans talent lover.

***

The matter of the cult continued to fascinate me.

Spørgsmålet om kulten fortsatte med at fascinere mig.

At times I had visions of the personal fame I could attain.

Til tider havde jeg visioner om den personlige berømmelse, jeg kunne opnå.

I visited New Orleans and talked with Legrasse.

Jeg besøgte New Orleans og talte med Legrasse .

And I spoke with other policemen of that swamp raid.

Og jeg talte med andre politibetjente om den sumprazzia.

I saw the frightful image with my own eyes.

Jeg så det skræmmende billede med mine egne øjne.

And I even questioned some of the surviving mongrel prisoners.

Og jeg afhørte endda nogle af de overlevende blandingsfanger.

Old Castro, unfortunately, had been dead for some years.

Gamle Castro havde desværre været død i nogle år.

What I now heard so graphically at first hand excited me afresh.

Det, jeg nu hørte så malende fra første hånd, begejstrede mig på ny.

Though it was really no more than a detailed confirmation.

Selvom det egentlig ikke var mere end en detaljeret bekræftelse.

What they told me I had already read in my uncle's notes.

Det de fortalte mig, havde jeg allerede læst i min onkels noter.

I felt sure that I was on the track of a very real secret.

Jeg var sikker på, at jeg var på sporet af en meget reel hemmelighed.

And I was sure I was going to discover a very ancient religion.

Og jeg var sikker på, at jeg ville opdage en meget gammel religion.

The discovery would make me an anthropologist of note.

Opdagelsen ville gøre mig til en bemærkelsesværdig antropolog.

My attitude was still one of absolute rational materialism.

Min holdning var stadig en af absolut rationel materialisme.

And I wish my attitude to the subject matter had not changed.

Og jeg ville ønske, at min holdning til emnet ikke havde ændret sig.

I discounted with almost inexplicable perversity the coincidences.

Med næsten uforklarlig perversitet afviste jeg tilfældighederne.

The dream notes and odd cuttings collected by Professor Angell.

Drømmenoterne og de mærkelige udklip indsamlet af professor Angell.

One thing I began to doubt was the cause of my uncle's death.

En ting jeg begyndte at tvivle på var årsagen til min onkels død.

I began to suspect his death was far from natural.

Jeg begyndte at mistænke, at hans død langt fra var naturlig.

And I now fear I know my uncle's death was not natural.

Og jeg frygter nu, at jeg ved, at min onkels død ikke var naturlig.

It was on a narrow hill street where he fell.

Det var på en smal bakkegade, at han faldt.

The street lead up from the ancient waterfront.

Gaden fører op fra den gamle havnefront.

The port-town swarms with foreign mongrels.

Havnebyen vrimler med udenlandske blandingsdyr.

He fell after a careless push from a negro sailor.

Han faldt efter et skødsløst skub fra en negersømand.
I had not forgotten the mixed blood of the cult-members in Louisiana.
Jeg havde ikke glemt kultmedlemmernes blandede blod i Louisiana.
I had not forgotten the sailors in the voodoo orgy.
Jeg havde ikke glemt sømændene i voodoo-orgien.
And would not be surprised to learn that they had other knowledge too.
Og det ville ikke overraske mig, hvis de også havde anden viden.
Secret methods as anciently known as the cryptic rites.
Hemmelige metoder så gamle som de kryptiske ritualer.
Poison needles as ruthless their demonic beliefs.
Giftnåle er hensynsløse for deres dæmoniske overbevisninger.
Legrasse and his men, it is true, have been let alone.
Legrasse og hans mænd er ganske vist blevet ladt i fred.
But in Norway a certain seaman who saw things is dead.
Men i Norge er en vis sømand, der så ting, død.
Might not sinister ears have picked up my uncle's interest in the sculptor?
Kunne det ikke være uhyggelige ører, der havde vakt min onkels interesse for billedhuggeren?
Might not the deeper inquiries of my uncle have drawn someone's attention?
Kunne min onkels dybere spørgsmål ikke have vakt nogens opmærksomhed?
I think Professor Angell died because he knew too much.
Jeg tror, professor Angell døde, fordi han vidste for meget.
Or he died because he was likely to learn too much.
Eller han døde, fordi han sandsynligvis ville lære for meget.
Whether I shall go out as he did remains to be seen.
Om jeg går ud, ligesom han gjorde, er endnu uvist.
Because I too have learned much about Cthulhu.
Fordi jeg også har lært meget om Cthulhu.

The Madness from the Sea
Galskaben fra havet

There is one great boon heaven could grant me.
Der er én stor velsignelse, himlen kunne skænke mig.
The total effacing of the results of a mere chance.
Den totale udslettelse af resultaterne af en ren tilfældighed.
I wish I had never seen that stray piece of paper.
Jeg ville ønske, jeg aldrig havde set det forsvundne stykke papir.
My daily routine would normally not have taken me there.
Min daglige rutine ville normalt ikke have ført mig dertil.
On any other day I would not have noticed anything.
På enhver anden dag ville jeg ikke have bemærket noget.
It was an old number of an Australian journal.
Det var et gammelt nummer af et australsk tidsskrift.
The Sydney Bulletin for April 18, 1925
Sydney Bulletin for 18. april 1925
The paper had even slipped past the cutting bureau.
Avisen var endda smuttet forbi klippebureauet.
I had largely given over my inquiries to a friend.
Jeg havde i vid udstrækning overladt mine spørgsmål til en ven.
He had taken on the work of most of the research.
Han havde påtaget sig arbejdet med det meste af forskningen.
He had come to refer to the group as the "Cthulhu Cult".
Han var kommet til at omtale gruppen som "Cthulhu-kulten".
I was visiting my learned friend of Paterson, New Jersey.
Jeg besøgte min lærde ven fra Paterson, New Jersey.
The curator of a local museum, and a mineralogist of note.
Kurator for et lokalt museum og en kendt mineralog.
While at his museum I had access to the reserved specimens.
Mens jeg var på hans museum, havde jeg adgang til de reserverede eksemplarer.
And this is when an odd picture caught my attention.
Og det var her, et mærkeligt billede fangede min opmærksomhed.

Beneath one of the stones was the Sydney Bulletin I mentioned.

Under en af stenene lå Sydney Bulletinen, som jeg nævnte.

My friend has wide affiliations in all conceivable foreign lands.

Min ven har brede tilhørsforhold i alle tænkelige fremmede lande.

The picture was a half-tone cut of a hideous stone image.

Billedet var et halvtonesnit af et hæsligt stenbillede.

Almost identical with the stone Legrasse had found in the swamp.

Næsten identisk med den sten, Legrasse havde fundet i sumpen.

Eagerly I read the article for its precious contents.

Jeg læste ivrigt artiklen for dens værdifulde indhold.

But I was disappointed to find that it was just a short article.

Men jeg blev skuffet over at opdage, at det kun var en kort artikel.

Although brief, the information was of portentous significance.

Selvom informationen var kort, var den af stor betydning.

***

"MYSTERY DERELICT FOUND AT SEA"
"MYSTERISK FORLADT GROND FUNDET PÅ HAVET"

Vigilant Arrives With Helpless Armed New Zealand Yacht in Tow.

Årvågen ankommer med hjælpeløs, bevæbnet newzealandsk yacht på slæb.

One Survivor and one Dead Man Found Aboard.

En overlevende og en død mand fundet ombord.

Tale of Desperate Battle and Deaths at Sea.

Fortælling om desperat kamp og dødsfald til søs.

Rescued Seaman Refuses Particulars of Strange Experience.

Reddet sømand afviser detaljer om mærkelig oplevelse.

Odd Idol Found in His Possession, Inquiry to Follow.
Mærkelig idol fundet i hans besiddelse, forespørgsel følger.
The Alert of Dunedin yacht, N.Z., had been disabled in battle.
Dunedin-yachten Alert fra New Zealand var blevet sat ud af spillet i kamp.
Previously the ship had left from Valparaiso on March 25th.
Tidligere var skibet afgået fra Valparaiso den 25. marts.
On April 2nd the ship was driven considerably south of her course.
Den 2. april blev skibet drevet betydeligt syd for sin kurs.
Exceptionally heavy storms had redirected the ship.
Usædvanligt kraftige storme havde rettet skibet mod ny retning.
Monster waves forced the ship to take a different route.
Monsterbølger tvang skibet til at tage en anden rute.
On April 12th the ship was sighted by another ship.
Den 12. april blev skibet observeret af et andet skib.
Latitude 34° 21', Longitude 152° 17'
Breddegrad 34° 21', længdegrad 152° 17'
Initially they thought the ship had been deserted.
I starten troede de, at skibet var forladt.
But one still living man had been found on board.
Men én levende mand var blevet fundet om bord.
This lone survivor was in a half-delirious condition.
Denne eneste overlevende var i en halvt delirium.
The only other victim found was a man already dead a week.
Det eneste andet offer, der blev fundet, var en mand, der allerede var død i en uge.
Now the heavily armed steam yacht was being towed.
Nu blev den tungt bevæbnede dampyacht bugseret.
And this morning the ship was coming in to its wharf.
Og i morges kom skibet ind til sin kaj.
The living man was clutching a horrible stone idol.
Den levende mand klamrede sig til en forfærdelig stenfigur.
The stone idol was about a foot in height.
Stenfiguren var omkring en fod høj.

And the origins of the stone were completely unknown.

Og stenens oprindelse var fuldstændig ukendt.

Authorities at Sydney university were baffled.

Myndighederne ved Sydney Universitet var forbløffede.

The Royal Society couldn't offer information about the idol.

Royal Society kunne ikke tilbyde oplysninger om idolet.

And the Museum in College street had no insights either.

Og museet på College Street havde heller ingen indsigt.

The survivor says he found the stone in the cabin of the yacht.

Den overlevende siger, at han fandt stenen i yachtens kahyt.

Allegedly the idol was in a small carved shrine.

Angiveligt var idolet i et lille udskåret helligdom.

And the carvings of the shrine were of common pattern.

Og udskæringerne i helligdommen havde et almindeligt mønster.

This man eventually recovered back to his senses.

Denne mand kom sig endelig til fornuft igen.

And he told an exceedingly strange story of piracy and slaughter.

Og han fortalte en overordentlig mærkelig historie om pirateri og blodbad.

He is Gustaf Johansen, a Norwegian of some intelligence.

Han er Gustaf Johansen, en nordmand med en vis intelligens.

And he had been second mate of the two-masted schooner Emma of Auckland.

Og han havde været andenstyrmand på den tomastede skonnert Emma af Auckland.

The ship sailed for Callao February 20th, manned by eleven sailors.

Skibet sejlede til Callao den 20. februar, bemandet med elleve sømænd.

The ship, he says, was delayed and thrown widely south of her course.

Skibet, siger han, var forsinket og kastet vidt syd for sin kurs.

There was a great storm on March 1st, and on March 22nd.

Der var en voldsom storm den 1. marts og den 22. marts.

On their journey they encountered another ship.

På deres rejse mødte de et andet skib.

This was in S. Latitude 49° 51′, W. Longitude 128° 34′

Dette var i sydlig breddegrad 49° 51′, vestlig længdegrad 128° 34′

This ship was manned by a queer and evil-looking crew.

Dette skib var bemandet med en mærkelig og ondskabsfuldt udseende besætning.

All the men were of Kanakas and half-castes.

Alle mændene var af kanaka-folket og halvkaste.

Being ordered peremptorily to turn back, Capt. Collins refused.

Kaptajn Collins fik ordre til at vende tilbage, men nægtede.

Without warning the strange crew began to shoot savagely upon the schooner.

Uden varsel begyndte den mærkelige besætning at skyde brutalt på skonnerten.

They shot a peculiarly heavy battery of brass cannon.

De affyrede et ejendommeligt tungt batteri af messingkanoner.

The men from his ship showed fighting spirit, says the survivor.

Mændene fra hans skib viste kampgejst, siger den overlevende.

The schooner began to sink from shots beneath the waterline.

Skonnerten begyndte at synke på grund af skud under vandlinjen.

But they managed to heave alongside their enemy boat, and board her.

Men det lykkedes dem at komme ind til deres fjendtlige båd og borde den.

They grappled with the savage crew on the yacht's deck.

De kæmpede med den vilde besætning på yachtens dæk.

Their mode of fighting seemed to be strangely clumsy.

Deres kampmåde virkede mærkeligt klodset.

But defeat did not seem to be an option for these savage men.

Men nederlag syntes ikke at være en mulighed for disse vilde mænd.

They had a particularly abhorrent and desperate way of fighting.

De havde en særlig afskyelig og desperat måde at kæmpe på.

So they had no choice but to kill all men of the enemy ship.

Så havde de intet andet valg end at dræbe alle mænd på fjendens skib.

Three of their men were also killed in the fight.

Tre af deres mænd blev også dræbt i kampen.

Capt. Collins and First Mate Green were among the dead.

Kaptajn Collins og styrmand Green var blandt de omkomne.

Second Mate Johansen took over control from First Mate Green.

Andenstyrmand Johansen overtog kontrollen fra førstestyrmand Green.

And the remaining eight men proceeded to navigate the captured yacht.

Og de resterende otte mænd fortsatte med at navigere den erobrede yacht.

They proceeded to continue in the original direction they were going.

De fortsatte i den oprindelige retning, de gik.

To see if there had been any reason they were ordered to turn around.

For at se om der havde været nogen grund til at de fik ordre til at vende om.

***

The next day, it appears, they landed on a small island.

Den næste dag, ser det ud til, at de landede på en lille ø.

Although no island is known to exist in that part of the ocean.

Selvom der ikke vides om nogen ø i den del af havet.

Six of the men somehow died ashore while on the island.

Seks af mændene døde på en eller anden måde i land, mens de var på øen.

Though Johansen is queerly reticent about this part of his story.

Selvom Johansen er besynderligt tilbageholdende med hensyn til denne del af sin historie.

And he speaks only of their falling into a rock chasm.

Og han taler kun om deres fald i en klippekløft.

Later, it seems, he and one companion boarded the yacht.

Senere, ser det ud til, at han og en ledsager gik om bord på yachten.

Together they tried to sail the ship, undermanned.

Sammen forsøgte de at sejle skibet, underbemandet.

But they were beaten about by the storm of April 2nd.

Men de blev slået rundt af stormen den 2. april.

From that time till his rescue on the 12th, the man remembers little.

Fra det tidspunkt og indtil sin redning den 12. husker manden kun lidt.

And he does not even recall when William Briden, his companion, died.

Og han husker ikke engang, hvornår William Briden, hans ledsager, døde.

Autopsy could reveal no obvious cause to Briden's death.

Obduktionen kunne ikke afsløre nogen åbenlys årsag til Bridens død.

The most likely cause of death is exposure to the elements.

Den mest sandsynlige dødsårsag er eksponering for elementerne.

The Dunedin reported that their boat, the Alert, was well known.

Dunedin-folket rapporterede, at deres båd, Alert, var velkendt.

The island traders bore an evil reputation along the waterfront.

Øens handlende havde et dårligt ry langs havnefronten.

The ship was owned by a curious group of half-castes.

Skibet var ejet af en kuriøs gruppe halvkaste.

Frequent meetings and night trips to the woods attracted curiosity.

Hyppige møder og natture til skoven vakte nysgerrighed.

The ship had set sail in great haste on March 1st.

Skibet var sat afsted i stor hast den 1. marts.

Just after the storm, and the earth tremors that night.

Lige efter stormen og jordrystningerne den nat.

Our Auckland correspondent gives the Emma excellent reputation.

Vores korrespondent fra Auckland giver Emma et fremragende ry.

The Crew from the Emma were held very in high regard.

Besætningen fra Emma var meget højt agtet.

And Johansen is described as a sober and worthy man.

Og Johansen beskrives som en ædru og værdig mand.

The admiralty will institute an inquiry on the whole matter.

Admiralitetet vil iværksætte en undersøgelse af hele sagen.

Starting tomorrow they will collect all relevant information.

Fra i morgen vil de indsamle alle relevante oplysninger.

Every effort will be made to induce Johansen to speak.

Der vil blive gjort alt for at få Johansen til at tale.

This and the hellish image were all the information I had to go on.

Dette og det helvedesagtige billede var al den information, jeg havde at gå ud fra.

But what a train of ideas that little information started in my mind!

Men sikke en idéstrøm, den lille information satte i gang i mit hoved!

Here were new treasuries of data on the Cthulhu Cult.

Her var nye skattekamre af data om Cthulhu-kulten.

The cult not only had interests on land.

Kulten havde ikke kun interesser i land.

Now there was evidence they also had connections to the sea.

Nu var der bevis for, at de også havde forbindelser til havet.

**What motive prompted the hybrid crew to order back the
Emma?**

Hvilket motiv fik hybridbesætningen til at beordre Emma
tilbage?

Why did they sail about with their hideous idol?

Hvorfor sejlede de rundt med deres hæslige idol?

**What was the unknown island on which six of the Emma's
crew had died?**

Hvad var den ukendte ø, hvor seks af Emmas
besætningsmedlemmer var omkommet?

And why was Johansen so secretive about their death?

Og hvorfor var Johansen så hemmelighedsfuld omkring deres
død?

What had the vice-admiralty's investigation brought out?

Hvad havde viceadmiralitetets undersøgelse bragt frem?

And what was known of the noxious cult in Dunedin?

Og hvad vidste man om den skadelige kult i Dunedin?

Nor could one help but marvel at the timing of the events.

Man kunne heller ikke lade være med at undre sig over
timingen af begivenhederne.

**There was a deep and more than natural linkage between
the dates.**

Der var en dyb og mere end naturlig forbindelse mellem
datoerne.

**A malign and now undeniable significance to the various
turns of events.**

En ondsindet og nu ubestridelig betydning af
begivenhedernes forskellige vendinger.

***

My uncle had noted with great care the connecting events.

Min onkel havde omhyggeligt noteret de tilknyttede
begivenheder.

On March 1st the earthquake and storm had come.

Den 1. marts kom jordskælvet og stormen.

February 28th, according to the International Date Line.

28. februar ifølge den internationale datolinje.

From Dunedin the noisome crew of the Alert darted eagerly forth.

Fra Dunedin pilede den larmende besætning på Alert ivrigt frem.

They moved as if they had been imperiously summoned.

De bevægede sig, som om de var blevet bydende tilkaldt.

On the other side of the earth the other events unfolded.

På den anden side af jorden udfoldede de andre begivenheder sig.

Poets and artists had begun to have their strange dreams.

Digtere og kunstnere var begyndt at have deres mærkelige drømme.

Dreams of a dank Cyclopean city from times long gone.

Drømme om en fugtig kyklopeisk by fra svundne tider.

A young sculptor was persuaded by these dreams too.

En ung billedhugger blev også overtalt af disse drømme.

In his sleep he molded the form of the dreaded Cthulhu.

I sin søvn formede han skikkelsen af den frygtede Cthulhu.

On March 23rd the crew of the Emma landed on an unknown island.

Den 23. marts landede besætningen på Emma på en ukendt ø.

There on that island they left six men dead.

Der på den ø efterlod de seks mænd døde.

On that date the dreams of sensitive men assumed a heightened vividness.

På den dato antog følsomme mænds drømme en øget livlighed.

Their dreams darkened with dread of a giant monster's malign pursuit.

Deres drømme formørkedes af frygt for et kæmpemonsters ondsindede forfølgelse.

One architect went mad from his dreams that night.

En arkitekt blev vanvittig af sine drømme den nat.

And a sculptor had lapsed suddenly into delirium!

Og en billedhugger var pludselig faldet i delirium!

And then there was the storm of April 2nd.

Og så var der stormen den 2. april.

The date on which all dreams of the dank city ceased.

Datoen hvor alle drømme om den fugtige by ophørte.

Wilcox emerged unharmed from the bondage of strange fever.

Wilcox slap uskadt ud af den mærkelige febers lænker.

And everything appeared to be normal again.

Og alt syntes at være normalt igen.

But what about the hints old Castro had suggested?

Men hvad med de hints, som gamle Castro havde foreslået?

What about the sunken, star-born old ones?

Hvad med de sunkne, stjernefødte gamle?

What about their promised return and coming reign?

Hvad med deres lovede tilbagevenden og kommende regeringstid?

What about their faithful cult and their mastery of dreams?

Hvad med deres trofaste kult og deres mestring af drømme?

Was I tottering on the brink of cosmic horrors?

Vaklede jeg på randen af kosmiske rædsler?

Cosmic horrors far beyond man's power to bear?

Kosmiske rædsler langt hinsides menneskets evne til at bære?

If so, they must be horrors of the mind alone.

Hvis det er tilfældet, må de alene være sindets rædsler.

On the second of April there was sudden coordinated calm.

Den anden april opstod der pludselig koordineret ro.

The monstrous menace that sieged mankind's soul had vanished.

Den uhyrlige trussel, der belejrede menneskehedens sjæl, var forsvundet.

That evening I made all necessary arrangements for onwards travel.

Den aften traf jeg alle nødvendige forberedelser til den videre rejse.

I bade my host adieu and took a train for San Francisco.

Jeg sagde farvel til min vært og tog et tog til San Francisco.

***

In less than a month I was at the port of Dunedin.

På mindre end en måned var jeg i havnen i Dunedin.

Here, however, my investigation stumbled slightly.

Her snublede min undersøgelse dog en smule.

I inquired in the old sea taverns where the men had lingered.

Jeg spurgte i de gamle havkroer, hvor mændene havde opholdt sig.

But little was known of the strange cult members.

Men man vidste kun lidt om de mærkelige kultmedlemmer.

Waterfront scum was far too common for special mention.

Afskum ved havnefronten var alt for almindeligt til at blive nævnt særligt.

But there was vague talk about one inland trip these mongrels had made.

Men der var vag snak om én rejse ind i landet, disse blandingsdyr havde foretaget.

Faint drumming and red flames were noted on the distant hills.

Svag trommen og røde flammer blev bemærket på de fjerne bakker.

In Auckland I learned only a little more of Johansen.

I Auckland lærte jeg kun lidt mere om Johansen.

He had been taken to Sydney for the investigation.

Han var blevet taget til Sydney for at blive undersøgt.

A perfunctory and inconclusive questioning turned his hair white.

En overfladisk og uafklaret afhøring gjorde hans hår hvidt.

Thereafter he sold his cottage in West Street.

Derefter solgte han sit sommerhus på West Street.

And he sailed with his wife to his old home in Oslo.

Og han sejlede med sin kone til sit gamle hjem i Oslo.

His experience had clearly stirred him deeply.

Hans oplevelse havde tydeligvis rørt ham dybt.

But he told his friends no more than he had told the admiralty officials.

Men han fortalte ikke mere til sine venner, end han havde fortalt admiralitetsembedsmændene.

And all they could do was to give me his Oslo address.

Og alt, hvad de kunne gøre, var at give mig hans Oslo-adresse.

After that I went to Sydney and talked profitlessly with seamen.

Derefter tog jeg til Sydney og talte forgæves med sømænd.

Members of the vice-admiralty court could not enlighten me either.

Medlemmer af viceadmiralitetsretten kunne heller ikke oplyse mig.

I tracked the Alert down to Circular Quay in Sydney Cove.

Jeg sporede alarmen ned til Circular Quay i Sydney Cove.

The ship had been sold and was again in commercial use.

Skibet var blevet solgt og var igen i kommerciel brug.

But I could gain no further clues from the ship's cargo.

Men jeg kunne ikke få yderligere spor fra skibets last.

The image was preserved in the Museum at Hyde Park.

Billedet blev bevaret på Museum i Hyde Park.

The cuttlefish head, dragon body, and scaly wings.

Blækspruttehovedet, dragekroppen og de skællede vinger.

The monster crouching atop the hieroglyphed pedestal.

Uhyret, der krøb sammen oven på den hieroglyfiske piedestal.

I studied every detail of the idol long and well.

Jeg studerede hver eneste detalje ved idolet længe og grundigt.

The relic was a thing of balefully exquisite workmanship.

Relikvien var et dybt udsøgt håndværk.

I couldn't help but notice the similarity to Legrasse's smaller specimen.

Jeg kunne ikke lade være med at bemærke ligheden med Legrasses mindre eksemplar.

Both idols had the same utter mystery and terrible antiquity.

Begge idoler havde den samme fuldstændige mystik og frygtelige ælddom.

And both idols had the same unearthly strangeness of material.

Og begge idoler havde den samme ujordiske besynderlighed
af materiale.

**Geologists, the curator told me, had found it a monstrous
puzzle.**

Geologer, fortalte kuratoren mig, havde fundet det et uhyrligt
mysterium.

They insisted that the world held no rock like this one.

De insisterede på, at verden ikke rummede nogen klippe som
denne.

**Then I thought with a shudder of what old Castro had told
Legrasse.**

Så tænkte jeg med et gys på, hvad gamle Castro havde fortalt
Legrasse .

The tale of the primal great ones, sunken under the sea.

Historien om de oprindelige store, sunket under havet.

"They had come from the stars."

"De var kommet fra stjernerne."

"They had brought their images with them."

"De havde medbragt deres billeder."

**I was shaken with a mental revolution as I had never before
known.**

Jeg blev rystet af en mental revolution, som jeg aldrig før
havde oplevet.

**I was now completely resolved to visit Mate Johansen in
Oslo.**

Jeg var nu helt fast besluttet på at besøge Mate Johansen i
Oslo.

**Sailing for London, I re-embarked at once for the Norwegian
capital.**

Jeg sejlede til London og gik straks ombord igen til den norske
hovedstad.

And one autumn day I landed at the wharves.

Og en efterårsdag landede jeg ved kajerne.

***

Johansen's hometown was in the shadow of the Egeberg.

Johansens hjemby lå i skyggen af Egeberg.
I discovered he lived in the Old Town of King Harold Haardrada.
Jeg opdagede, at han boede i Kong Harald Haarrådas gamle bydel.
For centuries the greater city had masqueraded as "Christiania".
I århundreder havde den større by forklædt sig som "Christiania".
King Harald Hardrada kept alive the name of Oslo.
Kong Harald Hårderåde holdt navnet Oslo i live.
I made the brief trip to his residences by taxicab.
Jeg tog den korte tur til hans hjem i taxa.
A neat and ancient building with plastered front.
En pæn og gammel bygning med pudset facade.
And I knocked with palpitant heart at the door.
Og jeg bankede på døren med bankende hjerte.
A sad-faced woman in black answered my summons.
En sortklædt kvinde med et trist ansigt besvarede min opfordring.
I was stung with disappointment at the sight.
Jeg blev stukket af skuffelse ved synet.
She told me in halting English that Gustaf Johansen was no more.
Hun fortalte mig på et haltende engelsk, at Gustaf Johansen ikke var mere.
He had not long survived his return, said his wife.
Han havde ikke overlevet sin hjemkomst længe, sagde hans kone.
The doings at sea in 1925 had broken him.
Begivenhederne til søs i 1925 havde knækket ham.
He had told her no more than he had told the public.
Han havde ikke fortalt hende mere, end han havde fortalt offentligheden.
But he had left a long manuscript of "technical matters".
Men han havde efterladt et langt manuskript med "tekniske anliggender".

These notes of the voyage had been written in English.
Disse notater fra rejsen var skrevet på engelsk.
Evidently in order to safeguard her from the peril of casual perusal.
Tydeligvis for at beskytte hende mod faren ved tilfældig granskning.
He had gone for a walk through a narrow lane near the Gothenburg dock.
Han var gået en tur gennem en smal gyde nær Göteborgs kaj.
A bundle of papers falling from an attic window had knocked him down.
En bundt papirer, der faldt ned fra et loftsvindue, havde væltet ham.
Two Lascar sailors at once helped him to his feet.
To Lascar-sømænd hjalp ham straks op på benene.
But before the ambulance could reach him he was dead.
Men før ambulancen kunne nå frem til ham, var han død.
The physicians found no adequate cause for his death.
Lægerne fandt ingen fyldestgørende årsag til hans død.
They mostly attributed his death to heart trouble.
De tilskrev hovedsageligt hans død hjerteproblemer.
But they added his weakened constitution most likely contributed.
Men de tilføjede, at hans svækkede konstitution højst sandsynligt bidrog.
I now felt a deep gnawing at my vitals.
Nu følte jeg en dyb gnaven i mine vitale organer.
A dark terror which will never leave me till I, too, am at rest.
En mørk rædsel, som aldrig vil forlade mig, før også jeg finder hvile.
Whether my death will come "accidentally" or not I can't tell.
Om min død kommer "ved et uheld" eller ej, kan jeg ikke sige.
I spoke to the widow about her husband's work.
Jeg talte med enken om hendes mands arbejde.
And I persuaded her I had a "technical" connection to him.
Og jeg overbeviste hende om, at jeg havde en "teknisk" forbindelse til ham.

So she felt I was sufficiently entitled to the manuscript.

Så hun mente, at jeg havde tilstrækkelig ret til manuskriptet.

And so I attained the dead man's writing.

Og således opnåede jeg den døde mands skrift.

I began to read the documents on the boat to London.

Jeg begyndte at læse dokumenterne på båden til London.

They were little more than simple, rambling notes.

De var ikke meget mere end simple, usammenhængende noter.

A naive sailor's effort at a post-facto diary.

En naiv sømands forsøg på en post facto dagbog.

He strove to recall that last awful voyage day by day.

Han stræbte efter at huske den sidste forfærdelige rejse dag for dag.

I cannot attempt to transcribe his notes verbatim.

Jeg kan ikke forsøge at transskribere hans noter ordret.

The manuscript is clouded with vagueness and redundance.

Manuskriptet er omgivet af vaghed og overflødighed.

But I will tell the gist of what he wrote.

Men jeg vil fortælle essensen af, hvad han skrev.

Perhaps then you will understand why I stuffed my ears with cotton.

Måske forstår du så, hvorfor jeg fyldte mine ører med vat.

The sound of the water against the vessel's sides became unendurable.

Lyden af vandet mod fartøjets sider blev uudholdelig.

***

Johansen, thank God, did not quite know what he had seen.

Johansen vidste, Gudskelov, ikke helt, hvad han havde set.

But it is evident he had seen the city and the Thing.

Men det er tydeligt, at han havde set byen og Tingen.

I shall never sleep calmly again when I think of the horrors.

Jeg skal aldrig sove roligt igen, når jeg tænker på rædslerne.

The horrors that lurk ceaselessly behind life in time and space.

De rædsler, der uophørligt lurer bag livet i tid og rum.
Those unhallowed blasphemies that come from elder stars.
De vanhellige blasfemier, der kommer fra ældre stjerner.
Dreamers beneath the sea known only by a nightmare cult.
Drømmere under havet kun kendt af en mareridtskult.
A cult ready and eager to release these monsters into the world.
En kult klar og ivrig efter at sætte disse monstre fri i verden.
Whenever another earthquake raises their monstrous stone city again.
Hver gang et nyt jordskælv rejser deres uhyrlige stenby sig igen.
When Cthulhu is under the light of the sun once more.
Når Cthulhu igen er under solens lys.
Johansen's voyage had begun just as he told it to the vice-admiralty.
Johansens rejse var begyndt præcis som han havde fortalt den til viceadmiralitetet.
The Emma, in ballast, had cleared Auckland on February 20th.
Emma, i ballast, havde forladt Auckland den 20. februar.
The ship had felt the full force of that earthquake-born tempest.
Skibet havde mærket den fulde kraft af det jordskælvsfødte uvejr.
The horrors from the sea-bottom that filled men's dreams.
Rædslerne fra havbunden, der fyldte mænds drømme.
Once under control again the ship was making good progress.
Da skibet igen var under kontrol, gjorde det god fremgang.
But then the ship was held up by the Alert on March 22nd.
Men så blev skibet tilbageholdt af Alert den 22. marts.
I could feel the mate's regret as he wrote of her bombardment and sinking.
Jeg kunne mærke styrmandens fortrydelse, da han skrev om hendes bombardement og forlis.

Of the swarthy cult-fiends on the other boat he speaks with horror.
Om de mørklødede kultdjævle på den anden båd taler han med rædsel.
There was some peculiarly abominable quality about them.
Der var en eller anden ejendommelig afskyelig kvalitet over dem.
Something made their destruction seem almost a duty.
Noget fik deres ødelæggelse til næsten at virke som en pligt.
This point was brought up during the proceedings of the court of inquiry.
Dette punkt blev fremført under undersøgelsesrettens behandling.
Johansen shows ingenuous wonder at the accusation of ruthlessness.
Johansen viser oprigtig undren over anklagen om hensynsløshed.
Curiosity is what drove the men on in their captured yacht.
Det var nysgerrighed, der drev mændene videre i deres erobrede yacht.
Sticking out of the sea the men sighted a great stone pillar.
Da mændene stak op af havet, fik de øje på en stor stensøjle.
In South Latitude 47° 9', West Longitude 126° 43' they come upon a coastline.
På sydlig breddegrad 47° 9', vestlig længdegrad 126° 43' støder de på en kystlinje.
The coastline was of mingled mud, ooze, and weedy Cyclopean masonry.
Kystlinjen bestod af en blanding af mudder, oos og ukrudtsbesværet kykopisk murværk.
Nothing less than the tangible substance of earth's supreme terror.
Intet mindre end den håndgribelige substans af jordens største terror.
They had come across the nightmare corpse-city of R'lyeh.
De var stødt på den mareridtsagtige ligby R'lyeh .
A city built in measureless eons behind history.

En by bygget uendelige æoner bag historien.
Monuments to vast loathsome shapes that seeped down from the dark stars.
Monumenter over enorme, afskyelige skikkelser, der sivede ned fra de mørke stjerner.
There lay great Cthulhu and his hordes for incalculable cycles.
Der lå den store Cthulhu og hans horder i uberegnelige cyklusser.
Hidden in green slimy vaults, they sent out their thoughts.
Gemt i grønne, slimede hvælvinger sendte de deres tanker ud.
The thoughts that spread fear to the dreams of the sensitive.
Tankerne der spreder frygt til de følsommes drømme.
The thoughts that called imperiously to the faithful.
De tanker, der bydende kaldte på de troende.
"Come on a pilgrimage of liberation and restoration."
"Kom på en pilgrimsrejse med befrielse og genoprettelse."
All this horror Johansen had no way of suspecting.
Al denne rædsel havde Johansen ingen mulighed for at ane.
But God knows he had soon seen enough!
Men Gud ved, han havde snart set nok!
I suppose what they saw was only a single mountain-top.
Jeg formoder, at det, de så, kun var en enkelt bjergtop.
Soon the rest of the city emerged from the waters.
Snart dukkede resten af byen op af vandet.
The hideous monolith-crowned citadel where great Cthulhu was buried.
Den hæslige monolit-kronede citadel, hvor den store Cthulhu blev begravet.
I shudder to think of all that may be brooding down there.
Jeg gyser ved tanken om alt det, der måske ruger dernede.
And I almost wish to kill myself to stop these thoughts.
Og jeg har næsten lyst til at slå mig selv ihjel for at stoppe de tanker.

***

Johansen and his men were awed by the cosmic majesty.
Johansen og hans mænd var dybt imponerede over den
kosmiske majestæt.
**They beheld the sight of this dripping Babylon of elder
demons.**
De så synet af dette dryppende Babylon af ældre dæmoner.
**They must have guessed without guidance what it was they
saw.**
De må have gættet uden vejledning, hvad det var, de så.
What they saw was nothing of this or of any sane planet.
Det, de så, var intet af denne eller nogen fornuftig planet.
The unbelievable size of the greenish stone blocks.
Den utrolige størrelse af de grønlige stenblokke.
The dizzying height of the great carven monolith.
Den svimlende højde af den store udskårne monolit.
**And then there was the bas-reliefs found on the captured
ship.**
Og så var der basreliefferne, der blev fundet på det erobrede
skib.
The colossal statues mirrored the scene on the carvings.
De kolossale statuer spejlede scenen på udskæringerne.
Johansen achieved something very close to futurism.
Johansen opnåede noget meget tæt på futurisme.
**Because he did not describe any definite structure or
building.**
Fordi han ikke beskrev nogen bestemt struktur eller bygning.
**He dwelled on the broad impressions of vast angles and
stone surfaces.**
Han dvælede ved de brede aftryk af enorme vinkler og
stenoverflader.
**Surfaces too great to belong to anything right or proper for
this earth.**
Overflader, der er for store til at tilhøre noget, der er rigtigt
eller passende for denne jord.
Surfaces impious with horrible images and hieroglyphs.
Overflader ugudelige med forfærdelige billeder og
hieroglyffer.

There is a reason I mention his talk about angles.

Der er en grund til, at jeg nævner hans snak om vinkler.

It reminds me of something Wilcox had told me of his awful dreams.

Det minder mig om noget, Wilcox havde fortalt mig om sine forfærdelige drømme.

He had said that the geometry of the dream-place he saw was abnormal.

Han havde sagt, at geometrien af det drømmested, han så, var unormal.

Non-Euclidean spheres unlike anything here on earth.

Ikke-euklidiske kugler ulig noget her på jorden.

Loathsomely redolent dimensions completely unlike ours.

Afskyeligt duftende dimensioner fuldstændig ulig vores.

Now a seaman was describing the exact same thing.

Nu beskrev en sømand præcis det samme.

They bad both had the same terrible glimpse of this reality.

De havde begge det samme forfærdelige glimt af denne virkelighed.

Johansen and his men landed at a sloping mud-bank.

Johansen og hans mænd landede ved en skrånende mudderbanke.

And they looked up at this monstrous Acropolis.

Og de kiggede op på dette uhyrlige Akropolis.

They clambered slippery up over titan oozy blocks.

De klatrede glatte op over titan-væskende blokke.

Blocks which could have been no mortal staircase.

Blokke som ikke kunne have været en dødelig trappe.

The very sun of heaven seemed distorted in this mist.

Selve himlens sol syntes forvrænget i denne tåge.

A polarizing miasma welling out from this sea-soaked perversion.

Et polariserende miasma, der vælder ud fra denne havgennemtrængte perversion.

Twisted menace and suspense lurked in those elusive rocks.

Forvreden trussel og spænding lurede i de undvigende klipper.

A second glance showed concavity where the first showed convexity.

Et andet blik viste konkavitet, hvor det første viste konveksitet.

Something very like fright had come over all the explorers.

Noget meget skræklignende havde overtaget alle opdagelsesrejsende.

Each man would have fled had he not feared the scorn of the others.

Hver mand ville være flygtet, hvis han ikke havde frygtet de andres hån.

And it was only half-heartedly that they vainly searched.

Og det var kun halvhjertet, at de forgæves ledte.

They were looking for some portable souvenir to bear away.

De ledte efter en bærbar souvenir at have med sig.

It was Rodriguez, the Portuguese, who climbed up the foot of the monolith.

Det var portugiseren Rodriguez, der klatrede op ad foden af monolitten.

From there he shouted of what he had found.

Derfra råbte han om, hvad han havde fundet.

The rest followed him to the foot of the monolith.

Resten fulgte ham til foden af monolitten.

They looked curiously at the immense door in front of them.

De kiggede nysgerrigt på den enorme dør foran dem.

The now familiar squid-dragon was carved on the door.

Den nu velkendte blækspruttedrage var indgraveret på døren.

It was, Johansen said, like a great barn-door.

Det var, sagde Johansen, som en stor ladedør.

Although they said it only gave the impression of a door.

Selvom de sagde, at det kun gav indtryk af en dør.

They could not decide if the door lay flat like a trap-door.

De kunne ikke afgøre, om døren lå fladt som en faldlem.

Or maybe the opening was slanted like an outside cellar-door.

Eller måske var åbningen skrånende ligesom en udvendig kælderdør.

As Wilcox would have said, the geometry of the place was all wrong.

Som Wilcox ville have sagt, var stedets geometri helt forkert.

One could not be sure that the sea and the ground were horizontal.

Man kunne ikke være sikker på, at havet og jorden var vandrette.

Hence the relative position of everything else seemed phantasmally variable.

Derfor syntes den relative position af alt andet fantastisk variabel.

Briden pushed at the stone in several places, without result.

Briden skubbede til stenen flere steder, uden resultat.

Then Donovan felt delicately over around the edge of the door.

Så følte Donovan forsigtigt rundt om dørkanten.

He climbed interminably along the grotesque stone molding.

Han klatrede uendeligt langs den groteske stenprofil.

Although, if you could really call it climbing is debatable.

Selvom det er diskutabelt, om man virkelig kan kalde det klatring.

Perhaps the door was more horizontal than vertical.

Måske var døren mere vandret end lodret.

And the men wondered how any door in the universe could be so vast.

Og mændene undrede sig over, hvordan nogen dør i universet kunne være så enorm.

Then, very softly and slowly, something began to happen.

Så, meget sagte og langsomt, begyndte der at ske noget.

The acre-great panel began to give inward at the top.

Det acre-store panel begyndte at give sig indad foroven.

And they saw that the door had balanced itself.

Og de så, at døren havde balanceret sig selv.

***

Donovan somehow propelled himself back along the jamb.

Donovan skubbede sig på en eller anden måde tilbage langs karmen.

And everyone watched the queer recession of the monstrously carven portal.

Og alle så den besynderlige tilbagetrækning af den uhyrligt udskårne portal.

In this fantasy of prismatic distortion it moved anomalously in a diagonal way.

I denne fantasi om prismatisk forvrængning bevægede den sig anomalt diagonalt.

All the rules of matter and perspective seemed confused.

Alle materiens og perspektivets regler virkede forvirrede.

The aperture was black with a darkness almost material.

Blænden var sort med et næsten materielt mørke.

That tenebrousness was indeed a positive quality.

Den hårdhed var sandelig en positiv egenskab.

The men were spared from seeing the inner walls.

Mændene blev skånet for at se de indre mure.

The darkness burst forth like smoke from its eon-long imprisonment.

Mørket brød frem som røg fra dets evighedslange fangenskab.

The sun was visibly darkened by flapping membranous wings.

Solen var synligt formørket af flagrende hindeagtige vinger.

And the shadow slunk away into the shrunken and gibbous sky.

Og skyggen sneg sig væk ind i den skrumpede og ujævne himmel.

The odor arising from the newly opened depths was intolerable.

Lugten, der stammede fra de nyåbnede dybder, var uudholdelig.

The quick-eared Hawkins thought he heard a nasty, slopping sound.

Den hurtigørede Hawkins troede, han hørte en grim, skvulpende lyd.

His ears were confirmed when It lumbered slobberingly into sight.

Hans ører blev bekræftet, da Den savlende kom til syne.

Its gelatinous green immensity groped through the black hall.

Dens geleagtige grønne uendelighed famlede gennem den sorte sal.

And Its ooze and smell squeezed through the angled door.

Og dens osen og lugt klemte sig ind gennem den skrå dør.

The Thing went into the tainted air of that poison city of madness.

Tingen forsvandt ind i den besmittede luft i den giftige by af vanvid.

Poor Johansen's handwriting almost gave out when he wrote of this.

Stakkels Johansens håndskrift var lige ved at give op, da han skrev om dette.

He thinks two men perished of pure fright in that accursed instant.

Han tror, at to mænd omkom af ren skræk i det forbandede øjeblik.

The Thing cannot be described with our language.

Tingen kan ikke beskrives med vores sprog.

There are no words for such abysms of shrieking and immemorial lunacy.

Der findes ingen ord for sådanne afgrunde af skrigen og umindelige vanvid.

Eldritch contradictions of all matter, force, and cosmic order.

Eldritchs modsætninger i al materie, kraft og kosmisk orden.

A mountain that walked and stumbled on the earth. God!

Et bjerg, der vandrede og snublede på jorden. Gud!

No wonder that across the earth a great architect went mad.

Intet under, at en stor arkitekt på den anden side af jorden blev sindssyg.

No wonder poor Wilcox raved with fever in that telepathic instant.

Intet under at stakkels Wilcox rasede af feber i det telepatiske øjeblik.

The green, sticky spawn of the stars, was walking the earth.

Stjernernes grønne, klæbrige afkom vandrede på jorden.

The Thing of the idols had awaked to claim his own.

Afgudernes Ting var vågnet for at gøre krav på sit eget.

The stars were aligned again, as was predicted.

Stjernerne stod på linje igen, som forudsagt.

An age-old cult had failed in their duties.

En ældgammel kult havde svigtet sine pligter.

And a band of innocent sailors fulfilled their role by accident.

Og en flok uskyldige sømænd opfyldte deres rolle ved et tilfælde.

After vigintillions of years great Cthulhu was loose again.

Efter millioner af år var den store Cthulhu løs igen.

And now great Cthulhu was ravening for delight.

Og nu var den store Cthulhu glubende af fryd.

Three men were swept up by the flabby claws before anybody turned.

Tre mænd blev fejet med af de slappe kløer, før nogen vendte sig om.

God rest them, if there be any rest in the universe.

Gud give dem hvile, hvis der er nogen hvile i universet.

Let it be known that their names were Donovan, Guerrera and Angstrom.

Lad det være kendt, at deres navne var Donovan, Guerrera og Angstrom.

Parker slipped as he was trying to make his escape.

Parker gled, da han forsøgte at flygte.

The other three were plunging frenziedly back to the boat.

De andre tre styrtede vanvittigt tilbage til båden.

They ran over endless vistas of green-crusted rock.

De løb over endeløse udsigter af grønskorpede klipper.

Johansen swears he was swallowed up by an angle of masonry.

Johansen sværger på, at han blev opslugt af en murstensvinkel.

An angle which shouldn't have been there.

En vinkel, der ikke burde have været der.

An angle which was acute, but behaved as if it were obtuse.

En vinkel, der var spids, men opførte sig, som om den var stump.

Only Briden and Johansen made it back to the boat.

Kun Briden og Johansen nåede tilbage til båden.

The two men had a moment of good fortune.

De to mænd havde et lykkeøjeblik.

The mountainous monstrosity flopped down on the slimy stones.

Det bjergrige uhyre flagrede ned på de slimede sten.

And the beast hesitated floundering at the edge of the water.

Og udyret tøvede og tumlede ved vandkanten.

The steam boat had not entirely run out of hot coals.

Dampskibet var ikke helt løbet tør for glødende kul.

Despite the departure of all men for the shore.

Trods alle mænds afrejse til kysten.

Feverishly the two men rushed up and down between wheels.

Febrilsk farede de to mænd op og ned mellem hjulene.

It was the work of only a few moments to get the engine going.

Det var kun et øjebliks arbejde at få motoren i gang.

Amidst the distorted horrors of that indescribable scene.

Midt i de forvrængede rædsler i den ubeskrivelige scene.

Slowly their boat began to churn the lethal waters beneath her.

Langsomt begyndte deres båd at oprøre det dødbringende vand under hende.

And they moved along the masonry of that charnel shore.

Og de bevægede sig langs murværket på den benkebred.

That strange coastline that was not from this world.

Den mærkelige kystlinje, der ikke var af denne verden.

***

The titan Thing from the stars slavered and gibbered.

Titan-tingen fra stjernerne slavede og vrøvlede.

Like Polypheme cursing the fleeing ship of Odysseus.

Ligesom Polyfeme, der forbander Odysseus' flygtende skib.

Then great Cthulhu slid greasily into the water.

Så gled den store Cthulhu fedtet ned i vandet.

Bolder and more daring than the storied Cyclops.

Mere dristig og dristig end de sagnomspundne kyklopene.

Cthulhu pursued them through the water with cosmic movement.

Cthulhu forfulgte dem gennem vandet med kosmisk bevægelse.

Briden looked back from the ship and started laughing shrilly.

Briden kiggede tilbage fra skibet og begyndte at grine skingert.

From that moment Briden continued laughing at odd intervals.

Fra det øjeblik fortsatte Briden med at grine med uregelmæssige mellemrum.

But Johansen had not given up yet.

Men Johansen havde ikke givet op endnu.

He knew his ship had no chance of outpacing the thing.

Han vidste, at hans skib ikke havde nogen chance for at overhale ham.

So he resolved on taking a desperate chance.

Så besluttede han sig for at tage en desperat chance.

He loaded the furnace and set the engine for full speed.

Han fyldte ovnen og satte motoren på fuld hastighed.

And then he ran lightning-like on deck and reversed the wheel.

Og så løb han lynhurtigt op på dækket og vendte rattet.

There was a mighty eddying and foaming in the noisome brine.

Der var en voldsom hvirveldannelse og skumning i den støjende saltlage.

The steam mounted higher and higher into the sky.

Dampen steg højere og højere op i himlen.

And the brave Norwegian reversed the course of the chase.

Og den tapre nordmand vendte jagtens forløb.

Before him rose the unclean froth like the stern of a demon galleon.

Foran ham hævede det urene skum sig som agterstavnen på en dæmongaleon.

He drove his vessel head on against the pursuing jelly.

Han drev sit fartøj frontalt mod den forfølgende gelé.

The awful squid-head came nearly up to the yacht's bowsprit.

Det forfærdelige blækspruttehoved nåede næsten yachtens bovspryd.

But Johansen drove on relentlessly against the writhing feelers.

Men Johansen kørte ubarmhjertigt videre mod de vridende følehorn.

There was a bursting as of an exploding bladder.

Der lød en sprængning som af en eksploderende blære.

There was a slushy nastiness as of a cloven sunfish.

Der var en sjappet ubehagelighed som hos en kløvet solfisk.

There was a stench as of a thousand opened graves.

Der var en stank som af tusind åbne grave.

And there was a sound the chronicler did not put on paper.

Og der var en lyd, krønikeskriveren ikke havde skrevet ned.

For an instant the ship was befouled by an acrid cloud.

Et øjeblik var skibet tilsmudset af en skarp sky.

The green cloud blinded Johansen and the mad man.

Den grønne sky blændede Johansen og den gale mand.

And then there was only a venomous seething astern.

Og så var der kun en giftig, sydende agterud.

But God in heaven! What the two men saw next;

Men Gud i himlen! Hvad de to mænd så derefter;

The scattered plasticity of that nameless sky-spawn.

Den spredte plasticitet i den navnløse himmelgyde.
The injured thing was nebulously recombining.
Den sårede ting rekombinerede vagt.
Soon Cthulhu would be back in its hateful original form.
Snart ville Cthulhu være tilbage i sin hadefulde oprindelige form.
But their distance was widening with every second.
Men deres afstand blev større for hvert sekund.
The ship was gaining impetus from its mounting steam.
Skibet fik momentum fra sin stigende damp.
And eventually the cursed city was over the horizon.
Og til sidst var den forbandede by over horisonten.

*****

He did not try to navigate after their lucky escape.
Han forsøgte ikke at navigere efter deres heldige flugt.
His reaction had taken something out of his soul.
Hans reaktion havde taget noget ud af hans sjæl.
He spent his time brooding over the idol in the cabin.
Han tilbragte sin tid med at gruble over idolet i hytten.
He looked after the laughing maniac in the boat.
Han passede på den leende galning i båden.
And he attended to a few matters such as food.
Og han tog sig af et par ting, såsom mad.
Then came the storm of April 2nd.
Så kom stormen den 2. april.
On that day clouds gathered over his consciousness.
Den dag samlede skyer sig over hans bevidsthed.
There is a sense of pure and refined delirium.
Der er en følelse af ren og raffineret delirium.
Spectral whirling through liquid gulfs of infinity.
Spektral hvirvlen gennem flydende uendelighedsbugter.
Dizzying rides through reeling universes on a comet's tail.
Svimlende rider gennem virvlende universer på en komethale.
Hysterical plunges from the pit to the moon.
Hysteriske styrt fra afgrunden til månen.

And he plunged back again from the moon to the pit.

Og han styrtede tilbage igen fra månen til afgrunden.

A cachinnating chorus of the distorted, hilarious elder gods.

Et kachinnerende kor af de forvrængede, morsomme ældre guder.

And the green bat-winged mocking imps of Tartarus.

Og de grønne flagermusvingede, spottende djævle fra Tartarus.

Out of that dream came rescue; the ship Vigilant.

Ud af den drøm kom redningen; skibet Vigilant.

The vice-admiralty court and the streets of Dunedin.

Viceadmiralitetsretten og Dunedins gader.

The long voyage back home to the old house by the Egeberg.

Den lange rejse hjem til det gamle hus ved Egeberg.

He could not tell anyone of what he had seen.

Han kunne ikke fortælle nogen om, hvad han havde set.

Had he told the truth they would have thought he had gone mad.

Hvis han havde fortalt sandheden, ville de have troet, at han var blevet sindssyg.

So he secretly wrote of what he knew before death came.

Så skrev han i hemmelighed om, hvad han vidste, før døden kom.

"Death would be a boon if only it could blot out the memories."

"Døden ville være en velsignelse, hvis bare den kunne udslette minderne."

That was the document Johansen left behind.

Det var det dokument, Johansen efterlod sig.

And now I have placed this document in the tin box.

Og nu har jeg lagt dette dokument i blikæsken.

In the box is also the dream carved bas-relief.

I æsken er også det drømmeudskårne basrelief.

And I have included the papers of Professor Angell.

Og jeg har inkluderet professor Angells artikler.

With this box shall go this record of mine.

Med denne æske skal denne min optegnelse følge.

These notes have become a test of my own sanity.
Disse noter er blevet en test af min egen fornuft.
But I hope my discoveries are never be pieced together again.
Men jeg håber, at mine opdagelser aldrig bliver stykket sammen igen.
I have looked upon all that the universe has to hold of horror.
Jeg har betragtet alt, hvad universet har at rumme af rædsel.
But now even the skies of spring are darkness to me.
Men nu er selv forårshimlen mørke for mig.
Even the flowers of summer are forever poison to me.
Selv sommerens blomster er evigt gift for mig.
But I do not think my life will be long.
Men jeg tror ikke, at mit liv bliver langt.
As my uncle went, so shall my end come.
Som min onkel gik bort, således skal min ende komme.
As poor Johansen went, so shall my time come.
Som stakkels Johansen gik, sådan skal min tid komme.
I know too much, and the cult still lives.
Jeg ved for meget, og kulten lever stadig.
Cthulhu still lives, too, I can only suppose.
Cthulhu lever også stadig, kan jeg kun formode.
I assume Cthulhu is again in that chasm of stone.
Jeg antager, at Cthulhu igen er i den stenkløft.
The city which has shielded him since the sun was young.
Byen, som har beskyttet ham, siden solen var ung.
I know his accursed city is sunken once more.
Jeg ved, at hans forbandede by er sunket endnu engang.
The crew of the Vigilant sailed over the spot after the April storm.
Besætningen på Vigilant sejlede over stedet efter aprilstormen.
But his ministers on earth still worship his return.
Men hans ministre på jorden tilbeder stadig hans genkomst.
In lonely places they congregate around their idol.
På ensomme steder samles de omkring deres idol.
And they bellow and prance and slay in satanic ritual.

Og de brøler og danser og dræber i sataniske ritualer.
He must have been trapped by the sinking of his black abyss.
Han må være blevet fanget af synkningen af sin sorte afgrund.
Or else the world would by now be screaming with fright and frenzy.
Ellers ville verden nu skrige af skræk og vanvid.
Who knows how the end will come about?
Hvem ved, hvordan enden vil blive?
What has risen may sink, and what has sunk may rise.
Det, der er steget, kan synke, og det, der er sunket, kan stige.
Loathsomeness waits and dreams in the deep.
Afsky venter og drømmer i dybet.
And decay spreads over the tottering cities of men.
Og forfald spreder sig over menneskenes vaklende byer.
A time will come where that city rises out the sea again.
Der vil komme en tid, hvor byen igen rejser sig op af havet.
But I must not think about when that day will come!
Men jeg må ikke tænke på, hvornår den dag kommer!
I have one prayer if this manuscript outlives me.
Jeg har én bøn, hvis dette manuskript overlever mig.
I pray my executors put caution before audacity.
Jeg beder mine eksekutorer om at sætte forsigtighed før dristighed.
I pray this manuscript meets no other eyes.
Jeg beder om, at dette manuskript ikke møder andres øjne.

***

Found among the papers of the late Francis Wayland Thurston, of Boston.
Fundet blandt papirer tilhørende afdøde Francis Wayland Thurston fra Boston.